回忆是一种重逢

史铁生 冯骥才 等 著

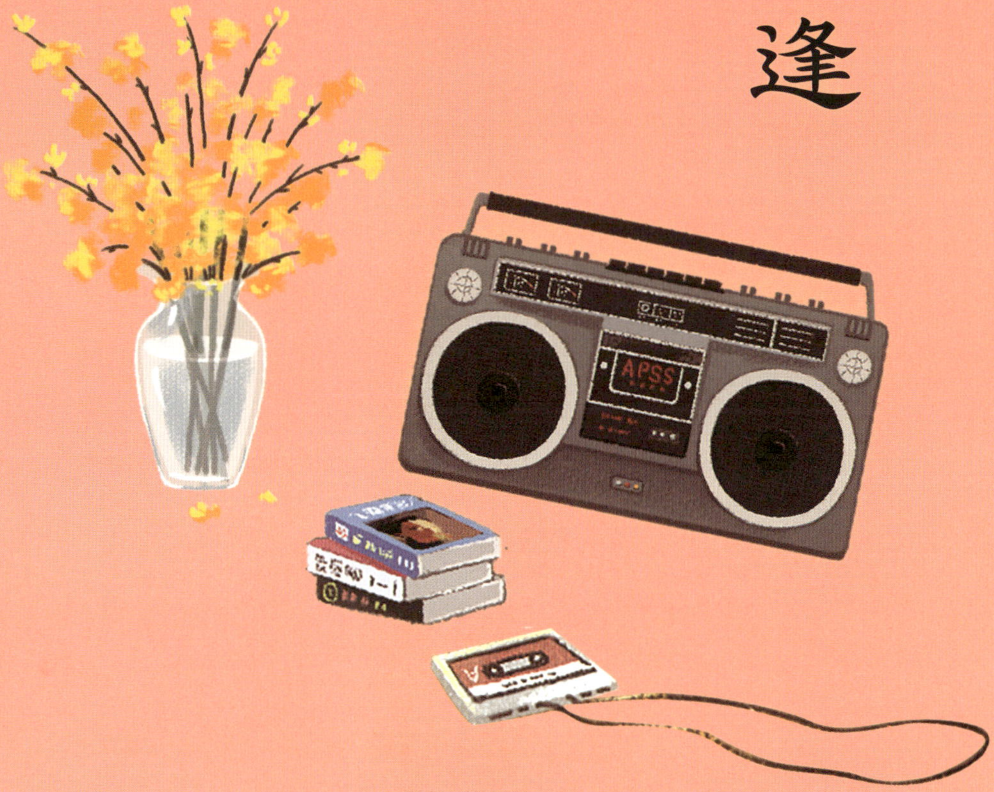

西苑出版社
XIYUAN PUBLISHING HOUSE
· 北京 ·

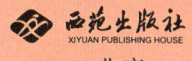

图书在版编目(CIP)数据

回忆是一种重逢 / 史铁生等著 . -- 北京：西苑出版社有限公司，2025.6. -- ISBN 978-7-5151-1023-3

Ⅰ．I266

中国国家版本馆CIP数据核字第2024XB5788号

回忆是一种重逢

作　　者	史铁生 等
责任编辑	杨　超
责任校对	彭洪清
责任印制	李仕杰
开　　本	710毫米×1000毫米　1/16
印　　张	16.5
字　　数	200千字
版　　次	2025年6月第1版
印　　次	2025年6月第1次印刷
印　　刷	三河市元兴印务有限公司
书　　号	ISBN 978-7-5151-1023-3
定　　价	48.00元

出版发行	西苑出版社有限公司　北京市朝阳区利泽东二路3号
	邮编：100102
发 行 部	(010)84254364
编 辑 部	(010)64210080
总 编 室	(010)88636419
电子邮箱	xiyuanpub@163.com
法律顾问	北京植德律师事务所　（电话）17600603461

目录

第一章
唯有亲情难割舍

母亲百岁记　冯骥才 / 002

我的母亲　老舍 / 006

守岁烛　缪崇群 / 012

多年父子成兄弟　汪曾祺 / 016

老海棠树　史铁生 / 020

背影　朱自清 / 024

恐怖　石评梅 / 027

祖父死了的时候　萧红 / 031

第二章
故乡最是暖人心

故乡的胡同　史铁生 / 036

我的家乡　汪曾祺 / 039

月是故乡明　季羡林 / 047

旧宅　穆时英 / 050

我老家（节选） 蒋廷黻 / 067

登高 胡也频 / 073

我的梦，我的青春 郁达夫 / 085

异国秋思 庐隐 / 091

想北平 老舍 / 095

几回回梦里回延安 史铁生 / 098

第三章
家是永远的港湾

我的理想家庭 老舍 / 106

取名 丰子恺 / 109

从孩子得到的启示 丰子恺 / 112

回声 李广田 / 117

作父亲 丰子恺 / 123

家书一则 傅雷 / 127

有了小孩以后 老舍 / 132

雷峰塔下 庐隐 / 137

素心 石评梅 / 140

墓畔哀歌　石评梅 / 145

儿女　朱自清 / 151

作了父亲　谢六逸 / 158

第四章
珍惜生命中的美好

书房的窗子　杨振声 / 166

人的启示　魏金枝 / 170

春生屋角炉　张恨水 / 175

失眠之夜　萧红 / 178

夜的奇迹　庐隐 / 182

刹那　朱自清 / 184

一封信　徐志摩 / 189

同命运的小鱼　萧红 / 192

自谴　老舍 / 197

南闽十年之梦影　李叔同 / 201

匆匆　朱自清 / 209

第五章
想念一些人和事

悼路遥　史铁生 / 212

纪念志摩去世四周年　林徽因 / 215

我所见的叶圣陶　朱自清 / 222

永在的温情　郑振铎 / 227

哭佩弦　郑振铎 / 235

老舍先生　汪曾祺 / 240

我所景仰的蔡先生之风格　傅斯年 / 245

藤野先生　鲁迅 / 250

第一章

唯有亲情难割舍

母亲百岁记

//

冯骥才

留在昔时中国人记忆里的,总有一个挂在脖子上、小小而好看的长命锁。那是长辈请人用纯银打制的,锁下边坠着一些精巧的小铃,锁上边刻着四个字:长命百岁。这四个字是世世代代对一个新生儿最美好的祝福,一种极致的吉祥话语,一种遥不可及的人间想望,然而从来没想到它能在我亲人的身上实现。天竟赐我这样的洪福!

天下有多少人能活到三位数?谁能让自己的生命装进去整整一个世纪的岁久年长?

我骄傲地说——我的母亲!

过去,我不曾有过母亲百岁的奢望。但是在母亲过九十岁生日的时候,我萌生出这种浪漫的痴望。太美好的想法总是伴随着隐隐的担忧。我和家人们嘴里全不说,却都分外用心照料她,心照不宣地为她的百岁目标使劲了。我的兄弟姐妹多,大家各尽其心,又都彼此合力,第三代的孙男娣女也加入进来。特别是母亲患病时,那是我们必须一起迎接的挑战。每逢此时，我们就像一支训练有素的球队，凭着默契的配合和倾力倾情，赢下一场场"赛事"。母亲多经磨难，父亲离去后，更加多愁善感；多年来为母亲消解心结已是我们每个人都擅长的事。我无法知道这些年为了母亲的快乐与健康，我们手足之间反反复复通了多少电话。

然而近年来，当母亲生日我们笑呵呵聚在一起时，也都是满头花发。小弟已七十，大姐都八十了。可是在母亲面前，我们永远是孩子。人只有岁数大了，才会知道做孩子的感觉多珍贵多温馨。谁能像我这样，七十五岁了还是儿子；还有身在一棵大树下的感觉，有故乡、故土和家的感觉；还能闻到只有母亲身上才有的深挚的气息。

人生很奇特。你小时候，母亲照料你保护你，每当有外人敲门，母亲便会起身去开门，决不会叫你去。可是等到你成长起来，母亲老了，再有外人敲门时，去开门的一定是你；该轮到你来呵护母亲了，人间的角色自然而然地发生转变，这就是美好的人伦与人伦的美好。母亲从九十一、九十二、九十三……一步步向前走。一种奇异的感觉出现了，我似乎觉得母亲愈来愈像我的女儿，我要把她放在手心里，我要保护她，叫她实现自古以来人间最瑰丽的梦想——长命百岁！

母亲住在弟弟的家。我每周二、五下班之后一定要去看她，雷打不动。母亲知我忙，怕我担心她的身体，这一天她都会提前洗脸擦油，拢拢头发，提起精神来，给我看。母亲兴趣多多，喜欢我带来的天南地北的消息，我笑她"心怀天下"。她还是个微信老手，天天将亲友们发给她的美丽的图片和有趣的视频转发他人。有时我在外地开会时，会忽然收到她的微信："儿子，你累吗？"可是，我在与她一边聊天时，还是要多方"刺探"她身体存在哪些小问题和小不适，我要尽快为她消除。我明白，保障她的身体健康是我首要的事。就这样，那个浪漫又遥远的百岁的目标渐渐进入眼帘了。

到了去年，母亲九十九周岁。她身体很好，身体也有力量，想象力依然活跃，我开始设想来年如何为她庆寿时，她忽说："我明年不过生日了，后年我过一百零一岁。"我先是不解，后来才明白，"百岁"这个日子确实太辉煌，她把它看成一道高高的门槛了，就像跳高运动员面对的横杆。我知道，这是她本能的对生命的一种畏惧，又是一种渴望。于是我与兄弟姐妹们说好，不再对她说百岁生日，不给她压力，等百岁那天来到自然就要庆贺了。可是我自己的心里也生出了一种担心——怕她在生日前生病。

果然，担心变成了现实，就在她生日前的两个月突然丹毒袭体，来势极猛，发冷发烧，小腿红肿得发亮，这便赶紧送进医院，打针输液，病情刚刚好转，旋又复发，再次入院，直到生日前三日才出院，虽然病魔赶走，然而一连五十天输液吃药，伤了胃口，变得体弱神衰，无法庆贺寿辰。于是兄弟姐妹大家商定，百岁这天，轮流去向她祝贺生日，说说话，稍坐即离，不叫她劳累。午餐时，只由我和爱人、弟弟，陪她吃寿面。我们相约依照传统，待到母亲身体康复后，一家老小再为她好好补寿。

尽管在这百年难逢的日子里，这样做尴尬又难堪，不能尽大喜之兴，不能让这人间盛事如花般盛开，但是今天——

母亲已经站在这里——站在生命长途上一个用金子搭成的驿站上了。

第一章　唯有亲情难割舍

一百年漫长又崎岖的路已然记载在她生命的行程里。她真了不起，一步跨进了自己的新世纪。此时此刻我却仍然觉得像是在一种神奇和发光的梦里。

故而，我们没有华庭盛筵，没有四世同堂，只有一张小桌，几个适合母亲口味的家常小菜，一碗用木耳、面筋、鸡蛋和少许嫩肉烧成的拌卤，一点点红酒，无限温馨地为母亲举杯祝贺。母亲今天没有梳妆，不能拍照留念，我只能把眼前如此珍贵的画面记在心里。母亲还是有些衰弱，只吃了七八根面条，一点绿色的菠菜，饮小半口酒。但能与母亲长久相伴下去就是儿辈莫大的幸福了。我相信世间很多人内心深处都有这句话。

此刻，我愿意把此情此景告诉给我所有的朋友与熟人，这才是一件可以和朋友们共享的人间的幸福。

我的母亲

//
老舍

　　母亲的娘家是北平德胜门外，土城儿外边，通大钟寺的大路上的一个小村里。村里一共有四五家人家，都姓马。大家都种点不十分肥美的地，但是与我同辈的兄弟们，也有当兵的，作木匠的，作泥水匠的，和当巡察的。他们虽然是农家，却养不起牛马，人手不够的时候，妇女便也须下地作活。

　　对于姥姥家，我只知道上述的一点。外公外婆是什么样子，我就不知道了，因为他们早已去世。至于更远的族系与家史，就更不晓得了；穷人只能顾眼前的衣食，没有工夫谈论什么过去的光荣；"家谱"这字眼，我在幼年就根本没有听说过。

　　母亲生在农家，所以勤俭诚实，身体也好。这一点事实却极重要，因为假若我没有这样的一位母亲，我以为我恐怕也就要大大的打个折扣了。

　　母亲出嫁大概是很早，因为我的大姐现在已是六十多岁的老太婆，

第一章　唯有亲情难割舍

而我的大外甥女还长我一岁啊。我有三个哥哥，四个姐姐，但能长大成人的，只有大姐，二姐，三姐，三哥与我。我是"老"儿子。生我的时候，母亲已有四十一岁，大姐二姐已都出了阁。

由大姐与二姐所嫁入的家庭来推断，在我生下之前，我的家里，大概还马马虎虎的过得去。那时候订婚讲究门当户对，而大姐丈是作小官的，二姐丈也开过一间酒馆，他们都是相当体面的人。

可是，我，我给家庭带来了不幸：我生下来，母亲晕过去半夜，才睁眼看见她的老儿子——感谢大姐，把我揣在怀中，致未冻死。

一岁半，我把父亲"克"死了。

兄不到十岁，三姐十二三岁，我才一岁半，全仗母亲独力抚养了。父亲的寡姐跟我们一块儿住，她吸鸦片，她喜摸纸牌，她的脾气极坏。为我们的衣食，母亲要给人家洗衣服，缝补或裁缝衣裳。在我的记忆中，她的手终年是鲜红微肿的。白天，她洗衣服，洗一两大绿瓦盆。她作事永远丝毫也不敷衍，就是屠户们送来的黑如铁的布袜，她也给洗得雪白。晚间，她与三姐抱着一盏油灯，还要缝补衣服，一直到半夜。她终年没有休息，可是在忙碌中她还把院子屋中收拾得清清爽爽。桌椅都是旧的，柜门的铜活久已残缺不全，可是她的手老使破桌面上没有尘土，残破的铜活发着光。院中，父亲遗留下的几盆石榴与夹竹桃，永远会得到应有的浇灌与爱护，年年夏天开许多花。

哥哥似乎没有同我玩耍过。有时候，他去读书；有时候，他去学徒；有时候，他也去卖花生或樱桃之类的小东西。母亲含着泪把他送走，不到两天，又含着泪接他回来。我不明白这都是什么事，而只觉得与他很生疏。与母亲相依为命的是我与三姐。因此，他们作事，我老在后面跟着。他们浇花，我也张罗着取水；她们扫地，我就撮土……从这里，我学得了爱花，爱清洁，守秩序。这些习惯至今还被我保存着。

有客人来，无论手中怎么窘，母亲也要设法弄一点东西去款待。舅父与表哥们往往是自己掏钱买酒肉食，这使她脸上羞得飞红，可是殷勤的给他们温酒作面，又给她一些喜悦。遇上亲友家中有喜丧事，母亲必把大褂洗得干干净净，亲自去贺吊——份礼也许只是两吊小钱。到如今如我的好客的习性，还未全改，尽管生活是这么清苦，因为自幼儿看惯了的事情是不易改掉的。

姑母常闹脾气。她单在鸡蛋里找骨头。她是我家中的阎王。直到我入了中学，她才死去，我可是没有看见母亲反抗过。"没受过婆婆的气，还不受大姑子的吗？命当如此！"母亲在非解释一下不足以平服别人的时候，才这样说。是的，命当如此。母亲活到老，穷到老，辛苦到老，全是命当如此。她最会吃亏。给亲友邻居帮忙，她总跑在前面：她会给婴儿洗三——穷朋友们可以因此少花一笔"请姥姥"钱——她会刮痧，她会给孩子们剃头，她会给少妇们绞脸……凡是她能作的，都有求必应。但是吵嘴打架，永远没有她。她宁吃亏，不逗气。当姑母死去的时候，母亲似乎把一世的委屈都哭了出来，一直哭到坟地。不知道哪里来的一位侄子，声称有承继权，母亲便一声不响，教他搬走那些破桌子烂板凳，而且把姑母养的一只肥母鸡也送给他。

可是，母亲并不软弱。父亲死在庚子闹"拳"的那一年。联军入城，挨家搜索财物鸡鸭，我们被搜两次。母亲拉着哥哥与三姐坐在墙根，等着"鬼子"进门,街门是开着的。"鬼子"进门,一刺刀先把老黄狗刺死,而后入室搜索。他们走后,母亲把破衣箱搬起,才发现了我。假若箱子不空,我早就被压死了。皇上跑了,丈夫死了,鬼子来了,满城是血光火焰,可是母亲不怕,她要在刺刀下,饥荒中,保护着儿女。北平有多少变乱啊,有时候兵变了,街市整条的烧起,火团落在我们院中。有时候内战了,城门紧闭,铺店关门,昼夜响着枪炮。这惊恐,这紧张,再加上一家饮食的筹划,儿女安全的顾虑,岂是一个软弱的老寡妇所能受得起的?可是,在这种时候,母亲的心横起来,她不慌不哭,要从无办法中想出办法来。她的泪会往心中落!这点软而硬的个性,也传给了我。我对一切人与事,都取和平的态度,把吃亏看作当然的。但是,在作人上,我有一定的宗旨与基本的法则,什么事都可将就,而不能超过自己划好的界限。我怕见生人,怕办杂事,怕出头露面;但是到了非我去不可的时候,我便不得不去,正像我的母亲。从私塾到小学,到中学,我经历过起码有廿位教师吧,其中有给我很大影响的,也有毫无影响的,但是我的真正的教师,把性格传给我的,是我的母亲。母亲并不识字,她给我的是生命的教育。

当我在小学毕了业的时候,亲友一致的愿意我去学手艺,好帮助母亲。我晓得我应当去找饭吃,以减轻母亲的勤劳困苦。可是,我也愿意升学。我偷偷的考入了师范学校——制服,饭食,书籍,宿处,都由学校供给。只有这样,我才敢对母亲提升学的话。入学,要交十元的保证金。这是一笔巨款!母亲作了半个月的难,把这巨款筹到,而后含泪把我送出门去。她不辞劳苦,只要儿子有出息。当我由师范毕业,而被派

回忆是一种重逢

为小学校校长，母亲与我都一夜不曾合眼。我只说了句："以后，您可以歇一歇了！"她的回答只有一串串的眼泪。我入学之后，三姐结了婚。母亲对儿女是都一样疼爱的，但是假若她也有点偏爱的话，她应当偏爱三姐，因为自父亲死后，家中一切的事情都是母亲和三姐共同撑持的。三姐是母亲的右手。但是母亲知道这右手必须割去，她不能为自己的便利而耽误了女儿的青春。当花轿来到我们的破门外的时候，母亲的手就和冰一样的凉，脸上没有血色——那是阴历四月，天气很暖。大家都怕她晕过去。可是，她挣扎着，咬着嘴唇，手扶着门框，看花轿徐徐地走去。不久，姑母死了。三姐已出嫁，哥哥不在家，我又住学校，家中只剩母亲自己。她还须自晓至晚的操作，可是终日没人和她说一句话。新年到了，正赶上政府倡用阳历，不许过旧年。除夕，我请了两小时的假。由拥挤不堪的街市回到清炉冷灶的家中。母亲笑了。及至听说我还须回校，她愣住了。半天，她才叹出一口气来。到我该走的时候，她递给我一些花生，"去吧，小子！"街上是那么热闹，我却什么也没看见，泪遮迷了我的眼。今天，泪又遮住了我的眼，又想起当日孤独的过那凄惨的除夕的慈母。可是慈母不会再候盼着我了，她已入了土！

儿女的生命是不依顺着父母所设下的轨道一直前进的，所以老人总免不了伤心。我廿三岁，母亲要我结了婚，我不要。我请来三姐给我说情，老母含泪点了头。我爱母亲，但是我给了她最大的打击。时代使我成为逆子。廿七岁，我上了英国。为了自己，我给六十多岁的老母以第二次打击。在她七十大寿的那一天，我还远在异域。那天，据姐姐们后来告诉我，老太太只喝了两口酒，很早的便睡下。她想念她的幼子，而不便说出来。

七七抗战后，我由济南逃出来。北平又像庚子那年似的被鬼子占据了，可是母亲日夜惦念的幼子却跑西南来。母亲怎样想念我，我可以想象得到，可是我不能回去。每逢接到家信，我总不敢马上拆看，我怕，怕，怕，怕有那不祥的消息。人，即使活到八九十岁，有母亲便可以多少还有点孩子气。失了慈母便像花插在瓶子里，虽然还有色有香，却失去了根。有母亲的人，心里是安定的。我怕，怕，怕家信中带来不好的消息，告诉我已是失了根的花草。

去年一年，我在家信中找不到关于老母的起居情况。我疑虑，害怕。我想象得到，如有不幸，家中念我流亡孤苦，或不忍相告。母亲的生日是在九月，我在八月半写去祝寿的信，算计着会在寿日之前到达。信中嘱咐千万把寿日的详情写来，使我不再疑虑。十二月二十六日，由文化劳军的大会上回来，我接到家信。我不敢拆读。就寝前，我拆开信，母亲已去世一年了！

生命是母亲给我的。我之能长大成人，是母亲的血汗灌养的。我之能成为一个不十分坏的人，是母亲感化的。我的性格，习惯，是母亲传给的。她一世未曾享过一天福，临死还吃的是粗粮。唉！还说什么呢？心痛！心痛！

1943 年 4 月

守岁烛

/ /

缪崇群

蔚蓝静穆的空中,高高地飘着一两个稳定不动的风筝,从不知道远近的地方,时时传过几声响亮的爆竹,——在夜晚,它的回音是越发地撩人了。

岁是暮了。

今年侥幸没有他乡做客,也不曾颠沛在那迢遥的异邦,身子就在自己的家里;但这个陋小低晦的四围,没有一点生气,也没有一点温情,只有像垂死般地宁静,冰雪般地寒冷。一种寥寂与没落的悲哀,于是更深地把我笼罩了,我永日沉默在冥想的世界里。

因为想着逃脱这种氛围,有时我便独自到街头徜徉去,可是那些如梭的车马,鱼贯的人群,也同样不能给我一点兴奋或慰藉,他们映在我眼睑的不过是一幅熙熙攘攘的世相,活动的,滑稽的,杂乱的写真,看罢了所谓年景归来,心中越是惆怅地没有一点皈依了。

啊! What is a home without mother?

第一章　唯有亲情难割舍

我又陡然地记忆起这句话了——它是一个歌谱的名字，可惜我不能唱它。

在那五年前的除夕的晚上，母亲还能斗胜了她的疾病，精神很焕发地和我们在一起聚餐，然而我不知怎么那样地不会凑趣，我反郁郁地沉着脸，仿佛感到一种不幸的预兆似的。

"你怎么了？"母亲很担心地问。

"没有怎么，我是好好的。"

我虽然这样回答着，可是那两股辛酸的眼泪，早禁不住就要流出来了。我急忙转过脸，或低下头，为避免母亲的视线。

"少年人总要放快活些，我像你这般大的年纪，还一天玩到晚，什么心思都没有呢。"

母亲已经把我看破了。

我没有言语。父亲默默地呷着酒；弟弟尽独自挟他所喜欢吃的东西。自己因为早熟一点的缘故，不经意地便养成了一种易感的性格。每当人家欢喜的时刻，自己偏偏感到哀愁；每当人家热闹的时刻，自己却又感到一种莫名的孤独。究竟为什么呢？我是回答不出来的……

——没有不散的筵席，这句话的黑影，好像正正投满了我的窄隘的心胸。

饭后过了不久，母亲便拿出两个红纸包儿出来，一个给弟弟，一个给我，给弟弟的一个，立刻便被他拿走了，给我的一个，却还在母亲的手里握着。

红纸包里裹着压岁钱，这是我们每年所最盼切而且数目最多的一笔收入，但这次我是没有一点兴致接受它的。

"妈，我不要罢，平时不是一样地要么？再说我已经渐渐长大了。"

"唉，孩子，在父母面前，八十岁也算不上大的。"

"妈妈自己尽辛苦节俭，那里有什么富余的呢。"我知道母亲每次都暗暗添些钱给我，所以我更不愿意接受了。

"这是我心愿给你们用的……"母亲还没说完，这时父亲忽然在隔壁带着笑声地嚷了：

"不要给大的了，他又不是小孩子。"

"别睬他，快拿起来吧。"母亲也抢着说，好像哄着一个婴孩，唯恐他受了惊吓似的……

佛前的香气，蕴满了全室，烛光是煌煌的。那慈祥，和平，闲静的烟纹，在黄金色的光幅中缭绕着，起伏着，仿佛要把人催得微醉了，定一下神，又似乎自己乍从梦里醒觉过来一样。

母亲回到房里的时候，父亲已经睡了；但她并不立时卧下休息，她尽沉思般地坐在床头，这时我心里真凄凉起来了，于是我也走进了房里。

房里没有灯，靠着南窗底下，烧着一对明晃晃的蜡烛。

"妈今天累了罢？"我想赶去这种沉寂的空气，并且打算伴着母亲谈些家常。我是深深知道我刚才那种态度太不对了。

"不——"她望了我一会又问，"你怎么今天这样不喜欢呢？"

我完全追悔了，所以我也很坦白地回答母亲：

"我也说不出为什么，逢到年节，心里总感觉着难受似的。"

"年轻的人，不该这样的，又不像我们老了，越过越淡。"

——是的，越过越淡，在我心里，也这样重复地念了一遍。

"房里也点蜡烛作什么？"我走到烛前，剪着烛花问。

"你忘记了么？这是守岁烛，每年除夕都要点的。"

那一对美丽的蜡烛,它们真好像穿着红袍的新人。上面还题着金字:寿比南山……

"太高了一点吧?"

"你知道守岁守岁,要从今晚一直点到天明呢。最好是一同熄——所谓同始同终——如果有剩下的便留到清明晚间照百虫,这烛是一照影无踪的……"

…………

在烛光底下,我们不知坐了多久;我们究竟把我们的残余的,唯有的一岁守住了没有呢,那怕是蜡烛再高一点,除夕更长一些?

外面的爆竹,还是密一阵疏一阵地响着,只有这一对守岁烛是默默无语,它的火焰在不定的摇曳,泪是不止的垂滴,自始至终,自己燃烧着自己。

明年,母亲便去世了,过了一个阴森森的除夕。

第二年,第三年,我都不在家里……是去年的除夕罢,在父亲的房里,又燃起了"一对"明晃晃的守岁烛了。

——母骨寒了没有呢?我只有自己问着自己。

又届除夕了,环顾这陋小,低晦,没有一点生气与温情的四围——比去年更破落了的家庭,唉,我除了凭吊那些黄金的过往以外,那里还有一点希望与期待呢?

岁虽暮,阳春不久就会到来……

心暮了,生命的火焰,将在长夜里永久逝去了!

1930 年 6 月

多年父子成兄弟

//

汪曾祺

这是我父亲的一句名言。

父亲是个绝顶聪明的人。他是画家，会刻图章，画写意花卉。图章初宗浙派，中年后治汉印。他会摆弄各种乐器，弹琵琶，拉胡琴，笙箫管笛，无一不通。他认为乐器中最难的其实是胡琴，看起来简单，只有两根弦，但是变化很多，两手都要有功夫。他拉的是老派胡琴，弓子硬，松香滴得很厚——现在拉胡琴的松香都只滴了薄薄的一层。他的胡琴音色刚亮。胡琴码子都是他自己刻的，他认为买来的不中使。他养蟋蟀，养金铃子。他养过花，他养的一盆素心兰在我母亲病故那年死了，从此他就不再养花。我母亲死后，他亲手给她做了几箱子冥衣——我们那里有烧冥衣的风俗。按照母亲生前的喜好，选购了各种花素色纸作衣料，单夹皮棉，四时不缺。他做的皮衣能分得出小麦穗、羊羔、灰鼠、狐肷。

父亲是个很随和的人，我很少见他发过脾气，对待子女，从无疾言厉色。他爱孩子，喜欢孩子，爱跟孩子玩，带着孩子玩。我的姑妈称

第一章　唯有亲情难割舍

他为"孩子头"。春天,不到清明,他领一群孩子到麦田里放风筝。放的是他自己糊的蜈蚣(我们那里叫"百脚"),是用染了色的绢糊的。放风筝的线是胡琴的老弦。老弦结实而轻,这样风筝可笔直地飞上去,没有"肚儿"。用胡琴弦放风筝,我还未见过第二人。清明节前,小麦还没有"起身",是不怕践踏的,而且越踏会越长得旺。孩子们在屋里闷了一冬天,在春天的田野里奔跑跳跃,身心都极其畅快。他用钻石刀把玻璃裁成不同形状的小块,再一块一块逗拢,接缝处用胶水粘牢,做成小桥、小亭子、八角玲珑水晶球。桥、亭、球是中空的,里面养了金铃子。从外面可以看到金铃子在里面自在爬行,振翅鸣叫。他会做各种灯。用浅绿透明的"鱼鳞纸"扎了一只纺织娘,栩栩如生。用西洋红染了色,上深下浅,通草做花瓣,做了一个重瓣荷花灯,真是美极了。在小西瓜(这是拉秧的小瓜,因其小,不中吃,叫做"打瓜"或"笃瓜")上开小口挖净瓜瓤,在瓜皮上雕镂出极细的花纹,做成西瓜灯。我们在这些灯里点了蜡烛,穿街过巷,邻居的孩子都跟过来看,非常羡慕。

父亲对我的学业是关心的,但不强求。我小时了了,国文成绩一直是全班第一。我的作文,时得佳评,他就拿出去到处给人看。我的数学不好,他也不责怪,只要能及格,就行了。他画画,我小时也喜欢画画,但他从不指点我。他画画时,我在旁边看。其余时间由我自己乱翻画谱,瞎抹。我对写意花卉那时还不太会欣赏,只是画一些鲜艳的大桃子,或者我从来没有见过的瀑布。我小时字写得不错,他倒是给我出过一点主意。在我写过一阵《圭峰碑》和《多宝塔》以后,他建议我写写《张猛龙》。这建议是很好的,到现在我写的字还有《张猛龙》的影响。我初中时爱唱戏，唱青衣，我的嗓子很好，高亮甜润。在家里，他拉胡琴，我唱。我的同学有几个能唱戏的。学校开同乐会，他应我的邀请，到学校去伴奏。几个同学都只是清唱。有一个姓费的同学借到一顶纱帽，一件蓝官衣，扮起来唱《朱砂井》，但是没有配角，没有衙役，没有犯人，只是一个赵廉，摇着马鞭在台上走了两圈，唱了一段"群坞县在马上心神不定"便完事下场。父亲那么大的人陪着几个孩子玩了一下午，还挺高兴。我十七岁初恋，暑假里，在家写情书，他在一旁瞎出主意。我十几岁就学会了抽烟喝酒。他喝酒，给我也倒一杯。抽烟，一次抽出两根，他一根，我一根。他还总是先给我点上火。我们的这种关系，他人或以为怪。父亲说："我们是多年父子成兄弟。"

  我和儿子的关系也是不错的。我戴了"右派分子"的帽子下放张家口农村劳动，他那时还从幼儿园刚毕业，刚刚学会汉语拼音，用汉语拼音给我写了第一封信。我也只好赶紧学会汉语拼音，好给他写回信。"文化大革命"期间，我被打成"黑帮"，送进"牛棚"。偶尔回家，孩子们对我还是很亲热。我的老伴告诫他们："你们要和爸爸'划清界限'。"儿子反问母亲："那你怎么还给他打酒？"只有一件事，两代之间，曾有分歧。他下放山西忻县"插队落户"。按规定，春节可以回京探亲。我们等着他回来。不料他同时带回了一个同学。他这个同学的父亲是一位正受林彪迫害，搞得人囚家破的空军将领。这个同学在北京已经没有家，按照大队的规定是不能回北京的。但是这孩子很想回北京，在一伙同学的秘密帮助下，我的儿子就偷偷地把他带回来了。他连"临时户口"也不能上，是个"黑人"。我们留他在家住，等于"窝藏"了他，公安局随时可以来查户口，街道办事处的大妈也可能举报。当时人人自危，自顾不暇，儿子惹了这么一个麻烦，使我们非常为难。我和老伴把他叫到我们的卧室，对他的冒失行为表示很不满。我责备他："怎么事前也不和我们商量一下！"我的儿子哭了，哭得很委屈，很伤心。我们当时立刻明白了：他是对的，我们是错的。我们这种怕担干系的思想是庸俗的。我们对儿子和同学之间的义气缺乏理解，对他的感情不够尊重。他的同学在我们家一直住了四十多天，才离去。

对儿子的几次恋爱，我采取的态度是"闻而不问"。了解，但不干涉。我们相信他自己的选择，他的决定。最后，他悄悄和一个小学时期的女同学好上了，结了婚。有了一个女儿，已近七岁。

我的孩子有时叫我"爸"，有时叫我"老头子"！连我的孙女也跟着叫。我的亲家母说这孩子"没大没小"。我觉得一个现代化的、充满人情味的家庭，首先必须做到"没大没小"。父母叫人敬畏，儿女"笔管条直"，最没有意思。

儿女是属于他们自己的。他们的现在，和他们的未来，都应由他们自己来设计。一个想用自己理想的模式塑造自己的孩子的父亲是愚蠢的，而且，可恶！另外，作为一个父亲，应该尽量保持一点童心。

1990年9月1日

老海棠树

//
史铁生

如果可能，如果有一块空地，不论窗前屋后，要是能随我的心愿种点儿什么，我就种两棵树。一棵合欢，纪念母亲。一棵海棠，纪念我的奶奶。

奶奶，和一棵老海棠树，在我的记忆里不能分开；好像她们从来就在一起，奶奶一生一世都在那棵老海棠树的影子里张望。

老海棠树近房高的地方，有两条粗壮的枝丫，弯曲如一把躺椅，小时候我常爬上去，一天一天地就在那儿玩。奶奶在树下喊："下来，下来吧，你就这么一天到晚待在上头不下来了？"是的，我在那儿看小人书，用弹弓向四处射击，甚至在那儿写作业，书包挂在房檐上。"饭也在上头吃吗？"对，在上头吃。奶奶把盛好的饭菜举过头顶，我两腿攀紧树丫，一个海底捞月把碗筷接上来。"觉呢，也在上头睡？"没错。四周是花香，是蜂鸣，春风拂面，是沾衣不染的海棠花雨。奶奶站在地上，站在屋前，老海棠树下，望着我；她必是羡慕，猜我在上头是什么感觉，都能看见什么？

　　但她只是望着我吗？她常独自呆愣，目光渐渐迷茫，渐渐空荒，透过老海棠树浓密的枝叶，不知所望。

　　春天，老海棠树摇动满树繁花，摇落一地雪似的花瓣。我记得奶奶坐在树下糊纸袋，不时地冲我叨唠："就不说下来帮帮我？你那小手儿糊得多快！"我在树上东一句西一句地唱歌。奶奶又说："我求过你吗？这回活儿紧！"我说："我爸我妈根本就不想让您糊那破玩意儿，是您自己非要这么累！"奶奶于是不再吭声，直起腰，喘口气，这当儿就又呆呆地张望——从粉白的花间，一直到无限的天空。

　　或者夏天，老海棠树枝繁叶茂，奶奶坐在树下的浓荫里，又不知从哪儿找来了补花的活儿，戴着老花镜，埋头于床单或被罩，一针一线地缝。天色暗下来时她冲我喊："你就不能劳驾去洗洗菜？没见我忙不过来吗？"我跳下树，洗菜，胡乱一洗了事。奶奶生气了："你们上班上学，就是这么糊弄？"奶奶把手里的活儿推开，一边重新洗菜一边说："我就一辈子得给你们做饭？就不能有我自己的工作？"这回是我不再吭声。奶奶洗好菜，重新捡起针线，从老花镜上缘抬起目光，又会有一阵子愣愣地张望。

　　有年秋天，老海棠树照旧果实累累，落叶纷纷。早晨，天还昏暗，奶奶就起来去扫院子，"唰啦——唰啦——"院子里的人都还在梦中。那时我大些了，正在插队，从陕北回来看她。那时奶奶一个人在北京，爸和妈都去了干校。那时奶奶已经腰弯背驼。"唰啦唰啦"的声音把我惊醒，赶紧跑出去："您歇着吧，我来，保证用不了三分钟。"可这回奶奶不要我帮。"咳，你呀！你还不懂吗？我得劳动。"我说："可谁能看得见？"奶奶说："不能那样，人家看不看得见是人家的事，我得自觉。"她扫完了院子又去扫街。"我跟您一块儿扫行不？""不行。"

这样我才明白，曾经她为什么执意要糊纸袋，要补花，不让自己闲着。有爸和妈养活她，她不是为挣钱，她为的是劳动。她的成分随了爷爷算地主。虽然我那个地主爷爷三十几岁就一命归天，是奶奶自己带着三个儿子苦熬过几十年，但人家说什么？人家说："可你还是吃了那么多年的剥削饭！"这话让她无地自容。这话让她独自愁叹。这话让她几十年的苦熬忽然间变成屈辱。她要补偿这罪孽。她要用行动证明。证明什么呢？她想着她未必不能有一天自食其力。奶奶的心思我有点儿懂了：什么时候她才能像爸和妈那样，有一份名正言顺的工作呢？大概这就是她的张望吧，就是那老海棠树下屡屡的迷茫与空荒。不过，这张望或许还要更远大些——她说过：得跟上时代。

所以冬天，所有的冬天，在我的记忆里，几乎每一个冬天的晚上，奶奶都在灯下学习。窗外，风中，老海棠树枯干的枝条敲打着屋檐，摩擦着窗棂。奶奶曾经读一本《扫盲识字课本》，再后是一字一句地念报纸上的头版新闻。在《奶奶的星星》里我写过：她学《国歌》一课时，把"吼声"念成"孔声"。我写过我最不能原谅自己的一件事：奶奶举着一张报纸，小心地凑到我跟前："这一段，你给我说说，到底什么意思？"我看也不看地就回答："您学那玩意儿有用吗？您以为把那些东西看懂，您就真能摘掉什么帽子？"奶奶立刻不语，唯低头盯着那张报纸，半天半天目光都不移动。我的心一下子收紧，但知已无法弥补。"奶奶。""奶奶！""奶奶——"我记得她终于抬起头时，眼里竟全是惭愧，毫无对我的责备。

但在我的印象里，奶奶的目光慢慢地离开那张报纸，离开灯光，离开我，在窗上老海棠树的影子那儿停留一下，继续离开，离开一切声响甚至一切有形，飘进黑夜，飘过星光，飘向无可慰藉的迷茫与空荒……而在我的梦里，我的祈祷中，老海棠树也便随之轰然飘去，跟随着奶奶，陪伴着她，围拢着她；奶奶坐在满树的繁花中，满地的浓荫里，张望复张望，或不断地要我给她说说："这一段到底是什么意思？"——这形象，逐年地定格成我的思念和我永生的痛悔。

背 影

//
朱自清

我与父亲不相见已二年余了，我最不能忘记的是他的背影。

那年冬天，祖母死了，父亲的差使也交卸了，正是祸不单行的日子。我从北京到徐州，打算跟着父亲奔丧回家。到徐州见着父亲，看见满院狼藉的东西，又想起祖母，不禁簌簌地流下眼泪。父亲说："事已如此，不必难过，好在天无绝人之路！"

回家变卖典质，父亲还了亏空；又借钱办了丧事。这些日子，家中光景很是惨淡，一半为了丧事，一半为了父亲赋闲。丧事完毕，父亲要到南京谋事，我也要回北京念书，我们便同行。

到南京时，有朋友约去游逛，勾留了一日；第二日上午便须渡江到浦口，下午上车北去。父亲因为事忙，本已说定不送我，叫旅馆里一个熟识的茶房陪我同去。他再三嘱咐茶房，甚是仔细。但他终于不放心，怕茶房不妥帖；颇踌躇了一会。其实我那年已二十岁，北京已来往过两三次，是没有什么要紧的了。他踌躇了一会，终于决定还是自己送我去。

我再三劝他不必去；他只说："不要紧，他们去不好！"

我们过了江，进了车站。我买票，他忙着照看行李。行李太多了，得向脚夫行些小费才可过去。他便又忙着和他们讲价钱。我那时真是聪明过分，总觉他说话不大漂亮，非自己插嘴不可，但他终于讲定了价钱；就送我上车。他给我拣定了靠车门的一张椅子；我将他给我做的紫毛大衣铺好座位。他嘱我路上小心，夜里要警醒些，不要受凉。又嘱托茶房好好照应我。我心里暗笑他的迂；他们只认得钱，托他们只是白托！而且我这样大年纪的人，难道还不能料理自己么？唉，我现在想想，那时真是太聪明了！

我说道："爸爸，你走吧。"他往车外看了看说："我买几个橘子去。你就在此地，不要走动。"我看那边月台的栅栏外有几个卖东西的等着顾客。走到那边月台，须穿过铁道，须跳下去又爬上去。父亲是一个胖子，走过去自然要费事些。我本来要去的，他不肯，只好让他去。我看见他戴着黑布小帽，穿着黑布大马褂，深青布棉袍，蹒跚地走到铁道边，慢慢探身下去，尚不大难。可是他穿过铁道，要爬上那边月台，就不容易了。他用两手攀着上面，两脚再向上缩；他肥胖的身子向左微倾，显出努力的样子，这时我看见他的背影，我的泪很快地流下来了。我赶紧拭干了泪。怕他看见，也怕别人看见。我再向外看时，他已抱了朱红的橘子往回走了。过铁道时，他先将橘子散放在地上，自己慢慢爬下，再抱起橘子走。到这边时，我赶紧去搀他。他和我走到车上，将橘子一股脑儿放在我的皮大衣上。于是扑扑衣上的泥土，心里很轻松似的。过一会说："我走了，到那边来信！"我望着他走出去。他走了几步，回过头看见我，说："进去吧，里边没人。"等他的背影混入来来往往的人里，再找不着了，我便进来坐下，我的眼泪又来了。

  近几年来，父亲和我都是东奔西走，家中光景是一日不如一日。他少年出外谋生，独立支持，做了许多大事。哪知老境却如此颓唐！他触目伤怀，自然情不能自已。情郁于中，自然要发之于外；家庭琐屑便往往触他之怒。他待我渐渐不同往日。但最近两年不见，他终于忘却我的不好，只是惦记着我，惦记着我的儿子。我北来后，他写了一信给我，信中说道："我身体平安，唯膀子疼痛厉害，举箸提笔，诸多不便，大约大去之期不远矣。"我读到此处，在晶莹的泪光中，又看见那肥胖的、青布棉袍黑布马褂的背影。唉！我不知何时再能与他相见！

恐 怖

石评梅

父亲的生命是秋深了。如一片黄叶系在树梢。十年，五年，三年以后，明天或许就在今晚都说不定。因之，无论大家怎样欢欣团聚的时候，一种可怕的暗影，或悄悄飞到我们眼前。就是父亲在欢喜时，也会忽然的感叹起来！尤其是我，脆弱的神经，有时想的很久远很恐怖。父亲在我家里是和平之神。假如他有一天离开人间，那我和母亲就沉沦在更深的苦痛中了。维持我今日家庭的绳索是父亲，绳索断了，那自然是一个莫测高深的陨坠了。

逆料多少年大家庭中压伏的积怨，总会爆发的。这爆发后毁灭一切的火星落下时，怕懦弱的母亲是不能逃免！我爱护她，自然受同样的创缚，处同样的命运是毋庸疑议了。

那时人们一切的矫饰虚伪，都会褪落的；心底的刺也许就变成弦上的箭了。

多少隐恨说不出在心头。每年归来，深夜人静后，母亲在我枕畔偷偷流泪！我无力挽回她过去铸错的命运，只有精神上同受这无期的刑罚。有时我虽离开母亲，凄冷风雨之夜，灯残梦醒之时，耳中仿佛听见枕畔有母亲滴泪的声音。不过我还很欣慰父亲的健在，一切都能给她做防御的盾牌。

谈到父亲，七十多年的岁月，也是和我一样颠沛流离，忧患丛生，痛苦过于幸福。

每次和我们谈到他少年事，总是残泪沾襟不忍重提。这是我的罪戾呵！不能用自己柔软的双手，替父亲抚摸去这苦痛的瘢痕。

我自然是萍踪浪迹，不易归来；但有时交通阻碍也从中作梗。这次回来后，父亲很想趁我在面前，预嘱他死后的诸事，不过每次都是泪眼模糊，断续不能尽其辞。有一次提到他墓穴的建修，愿意让我陪他去看看工程，我低头咽着泪答应了。

那天夜里，母亲派人将父亲的轿子预备好，我和曾任监工的族叔蔚文同着去，打算骑了姑母家的驴子。

翌晨十点钟出发：母亲和芬嫂都嘱咐我好好招呼着父亲，怕他见了自己的坟穴难过；我也不知该怎样安慰防备着，只觉心中感到万分惨痛。一路很艰险，经过都是些崎岖山径；同样是青青山色，潺潺流水，但每人心中都压抑着一种凄怆，虽然是旭日如烘，万象鲜明，而我只觉前途是笼罩一层神秘恐怖黑幕，这黑幕便是旅途的终点，父亲是一步一步走近这伟大无涯的黑幕了。

在一个高堑如削的山峰前停住，父亲的轿子落在平地。我慌忙下了驴子向前扶着，觉着他身体有点颤抖，步履也很软弱，我让他坐在崖石上休息一会。这真是一个风景幽美的地方，后面是连亘不断的峰峦，前面是青翠一片麦田；山峰下隐约林中有炊烟，有鸡唱犬吠的声音。父亲指着说：

"那一带村庄是红叶沟，我的祖父隐居在这高塔的庙里，那庙叫华严寺，有一股温泉，流汇到这庙后的崖下。土人传说这泉水可以治眼病呢！我小时候随着祖父，在这里读书；已经有三十多年不来了，人事过得真快呵！不觉得我也这样老了。"父亲仰头叹息着。

蔚叔领导着进了那摩云参天的松林，苍绿阴森的荫影下，现出无数冢墓，矗立着倒斜着风雨剥蚀的断碣残碑。地上丛生了许多草花，红的黄的紫的夹杂着十分好看。蔚叔回转进一带白杨，我和父亲慢步徐行，阵阵风吹，声声蝉鸣，都显得惨淡空寂，静默如死。

蔚叔站住了，面前堆满了磨新的青石和沙屑，那旁边就是一个深的洞穴，这就是将来掩埋父亲尸体的坟墓。我小心看着父亲，他神色显得异样惨淡，银须白发中，包掩着无限的伤痛。

一阵风吹起父亲的袍角，银须也缓缓飘拂到左襟；白杨树上叶子摩擦的声音，如幽咽泣诉，令人酸梗，这时他颤巍巍扶着我来到墓穴前站定。

父亲很仔细周详地在墓穴四周看了一遍，觉得很如意。蔚叔又和他筹划墓头的式样，他还能掩饰住悲痛说：

"外面的式样坚固些就成啦；不要太讲究了，靡费金钱。只要里面干燥光滑一点，棺木不受伤就可以了。"

回头又向我说：

"这些事情原不必要我自己做，不过你和璜哥，整年都在外面；我老了,无可讳言是快到坟墓去了。在家也无事,不愁穿,不愁吃,有时就愁到我最后的安置。棺木已扎好了,里子也裱漆完了。衣服呢,我不愿意穿前清的遗服或现在的袍褂。我想走的时候穿一身道袍。璜哥已由汉口给我寄来了一套,鞋帽都有,哪天请母亲找出来你看看。我一生廉洁寒苦,不愿浪费,只求我心身安适就成了。都预备好后,省临时麻烦;不然你们如果因事忙因道阻不能回来时,不是要焦急吗?我愿能悄悄地走了,不要给你们灵魂上感到悲伤。生如寄,死如归,本不必认真呵!"

我低头不语,怕他难过,偷偷把泪咽下去。等蔚叔扶父亲上了轿后,我才取出手绢揩泪。

临去时我向松林群冢望了一眼,再来时怕已是一个梦醒后。

跪在洞穴前祷告上帝:愿以我青春火焰,燃烧父亲残弱的光辉!千万不要接引我的慈爱父亲来到这里呵!

这是我第二次感到坟墓的残忍可怕,死是这样伟大的无情。

祖父死了的时候

萧红

祖父总是有点变样子,他喜欢流起眼泪来,同时过去很重要的事情他也忘掉。比方过去那一些他常讲的故事,现在讲起来,讲了一半下一半他就说:"我记不得了。"

某夜,他又病了一次,经过这一次病,他竟说:"给你三姑写信,叫她来一趟,我不是四五年没看过她吗?"他叫我写信给我已经死去五年的姑母。

那次离家是很痛苦的。学校来了开学通知信,祖父又一天一天地变样起来。

祖父睡着的时候,我就躺在他的旁边哭,好像祖父已经离开我死去似的,一面哭着一面抬头看他凹陷的嘴唇。我若死掉祖父,就死掉我一生最重要的一个人,好像他死了就把人间一切"爱"和"温暖"带得空空虚虚。我的心被丝线扎住或铁丝绞住了。

我联想到母亲死的时候。母亲死以后,父亲怎样打我,又娶一个新母亲来。这个母亲很客气，不打我，就是骂，也是指着桌子或椅子来骂我。客气是越客气了，但是冷淡了，疏远了，生人一样。

"到院子去玩玩吧！"祖父说了这话之后，在我的头上撞了一下，"喂！你看这是什么？"一个黄金色的橘子落到我的手中。

夜间不敢到茅厕去，我说："妈妈同我到茅厕去趟吧。"

"我不去！"

"那我害怕呀！"

"怕什么？"

"怕什么？怕鬼怕神？"父亲也说话了，把眼睛从眼镜上面看着我。

冬天，祖父已经睡下，赤着脚，开着纽扣跟我到外面茅厕去。

学校开学，我迟到了四天。三月里，我又回家一次，正在外面叫门，里面小弟弟嚷着："姐姐回来了！姐姐回来了！"大门开时，我就远远注意着祖父住着的那间房子。果然祖父的面孔和胡子闪现在玻璃窗里。我跳着笑着跑进屋去。但不是高兴，只是心酸，祖父的脸色更惨淡更白了。等屋子里一个人没有时，他流着泪，他慌慌忙忙地一边用袖口擦着眼泪，一边抖动着嘴唇说："爷爷不行了，不知早晚……前些日子好险没跌……跌死。"

"怎么跌的？"

"就是在后屋，我想去解手，招呼人，也听不见，按电铃也没有人来，就得爬啦。还没到后门口，腿颤，心跳，眼前发花了一阵就倒下去。没跌断了腰……人老了，有什么用处！爷爷是八十一岁呢。"

"爷爷是八十一岁。"

第一章　唯有亲情难割舍

"没用了,活了八十一岁还是在地上爬呢!我想你看不着爷爷了,谁知没有跌死,我又慢慢爬到炕上。"

我走的那天也是和我回来那天一样,白色的脸的轮廓闪现在玻璃窗里。

在院心我回头看着祖父的面孔,走到大门口,在大门口我仍可看见,出了大门,就被门扇遮断。

从这一次祖父就与我永远隔绝了。虽然那次和祖父告别,并没说出一个永别的字。我回来看祖父,这回门前吹着喇叭,幡杆挑得比房头更高,马车离家很远的时候,我已看到高高的白色幡杆了,吹鼓手们的喇叭怆凉地在悲号。马车停在喇叭声中,大门前的白幡、白对联、院心的灵棚、闹嚷嚷许多人,吹鼓手们响起呜呜地哀号。

这回祖父不坐在玻璃窗里,是睡在堂屋的板床上,没有灵魂地躺在那里。我要看一看他白色的胡子,可是怎样看呢!拿开他脸上蒙着的纸吧,胡子、眼睛和嘴,都不会动了,他真的一点感觉也没有了?我从祖父的袖管里去摸他的手,手也没有感觉了。祖父这回真死去了啊!

祖父装进棺材去的那天早晨,正是后园里玫瑰花开放满树的时候。我扯着祖父的一张被角,抬向灵前去。吹鼓手在灵前吹着大喇叭。

我怕起来,我号叫起来。

"咣咣!"黑色的,半尺厚的灵柩盖子压上去。

吃饭的时候,我饮了酒,用祖父的酒杯饮的。饭后我跑到后园玫瑰树下去卧倒,园中飞着蜂子和蝴蝶,绿草的清凉的气味,这都和十年前一样。可是十年前死了妈妈。妈妈死后我仍是在园中扑蝴蝶;这回祖父死去，我却饮了酒。

过去的十年我是和父亲打斗着生活。在这期间我觉得人是残酷的东西。父亲对我是没有好面孔的，对于仆人也是没有好面孔的，他对于祖父也是没有好面孔的。因为仆人是穷人，祖父是老人，我是个小孩子，所以我们这些完全没有保障的人就落到他的手里。后来我看到新娶来的母亲也落到他的手里，他喜欢她的时候，便同她说笑，他恼怒时便骂她，母亲渐渐也怕起父亲来。

母亲也不是穷人，也不是老人，也不是孩子，怎么也怕起父亲来呢？我到邻家去看看，邻家的女人也是怕男人。我到舅家去，舅母也是怕舅父。

我懂得的尽是些偏僻的人生，我想世间死了祖父，就没有再同情我的人了，世间死了祖父，剩下的尽是些凶残的人了。

我饮了酒，回想，幻想……

以后我必须不要家，到广大的人群中去，但我在玫瑰树下颤怵了，人群中没有我的祖父。

所以我哭着，整个祖父死的时候我哭着。

第二章

故乡最是暖人心

故乡的胡同

//

史铁生

北京很大,不敢说就是我的故乡。我的故乡很小,仅北京城之一角,方圆大约二里,东和北曾经是城墙现在是二环路。其余的北京和其余的地球我都陌生。

二里方圆,上百条胡同密如罗网,我在其中活到四十岁。编辑约我写写那些胡同,以为简单,答应了,之后发现这岂非是要写我的全部生命?办不到。但我的心神便又走进那些胡同,看它们一条一条怎样延伸怎样连接,怎样枝枝杈杈地漫展,以及怎样曲曲弯弯地隐没。我才醒悟,不是我曾居于其间,是它们构成了我。密如罗网,每一条胡同都是我的一段历史、一种心绪。

四十年前,一个男孩艰难地越过一道大门槛,惊讶着四下张望,对我来说胡同就在那一刻诞生。很长很长的一条土路,两侧一座座院门排向东西,红而且安静的太阳悬挂西端。男孩看太阳,直看得眼前发黑,闭一会儿眼,然后顽固地再看太阳。因为我问过奶奶:"妈妈是不是就从

第二章　故乡最是暖人心

那太阳里回来？"

奶奶带我走出那条胡同，可能是在另一年。奶奶带我去看病，走过一条又一条胡同，天上地上都是风、被风吹淡的阳光、被风吹得断续的鸽哨声。那家医院就是我的出生地。打完针，嚎啕之际，奶奶买一串糖葫芦慰劳我，指着医院的一座西洋式小楼说，她就是从那儿听见我来了，我来的那天下着罕见的大雪。

是我不断长大所以胡同不断地漫展呢，还是胡同不断地漫展所以我不断长大？可能是一回事。

有一天母亲领我拐进一条更长更窄的胡同，把我送进一个大门，一眨眼母亲不见了，我正要往门外跑时被一个老太太拉住，她很和蔼但是我哭着使劲挣脱她，屋里跑出来一群孩子，笑闹声把我的哭喊淹没。我头一回离家在外，那一天很长，墙外磨刀人的喇叭声尤其漫漫。这幼儿园就是那老太太办的，都说她信教。

几乎每条胡同都有庙。僧人在胡同里静静地走，回到庙去沉沉地唱，那诵经声总让我看见夏夜的星光。睡梦中我还常常被一种清朗的钟声唤醒，以为是午后阳光落地的震响，多年以后我才找到它的来源。现在俄国使馆的位置，曾是一座东正教堂，我把那钟声和它联系起来时，它已被推倒。那时，寺庙多也消失或改作他用。

我的第一个校园就是往日的寺庙，庙院里松柏森森。那儿有个可怕的孩子，他有一种至今令我惊诧不解的能力，同学们都怕他，他说他第一跟谁好谁就会受宠若惊，说他最后跟谁好谁就会忧心忡忡，说他不跟谁好了谁就像被判离群的鸟儿。因为他，我学会了谄媚和防备，看见了孤独。成年以后，我仍能处处见出他的影子。

十八岁去插队，离开故乡三年。回来双腿残废了，找不到工作，我常独自摇了轮椅一条条再去走那些胡同。它们几乎没变，只是往日都到哪儿去了很费猜解。在一条胡同里我碰见一群老太太，她们用油漆涂抹着美丽的图画，我说我能参加吗？我便在那儿拿到平生第一份工资，我们整日涂抹说笑，对未来抱着过分的希望。

母亲对未来的祈祷，可能比我对未来的希望还要多，她在我们住的院子里种下一棵合欢树。那时我开始写作，开始恋爱，爱情使我的心魂从轮椅里站起来。可是合欢树长大了，母亲却永远离开了我，几年后爱过我的那个姑娘也远去他乡，但那时她们已经把我培育得可以让人放心了。然后我的妻子来了，我把珍贵的以往说给她听，她说因此她也爱恋着我的这块故土。

我单不知，像鸟儿那样飞在不高的空中俯瞰那片密如罗网的胡同，会是怎样的景象？飞在空中而且不惊动下面的人类，看一条条胡同的延伸、连接、枝枝杈杈地漫展以及曲曲弯弯地隐没，是否就可以看见了命运的构造？

1994 年

我的家乡

汪曾祺

法国人安妮·居里安女士听说我要到波士顿，特意退了机票，推迟了行期，希望和我见一面。她翻译过我的几篇小说。我们谈了约一个小时，她问了我一些问题。其中一个是，为什么我的小说里总有水？即使没有写到水，也有水的感觉。这个问题我以前没有意识到过。是这样。这是很自然的。我的家乡是一个水乡，我是在水边长大的，耳目之所接，无非是水。水影响了我的性格，也影响了我的作品的风格。

我的家乡高邮在京杭大运河的下面。我小时候常常到运河堤上去玩（我的家乡把运河堤叫做"上河堆"或"上河塪"。"塪"字一般字典上没有，可能是家乡人造出来的字，音淌。"堆"当是"堤"的声转）。我读的小学的西面是一片菜园，穿过菜园就是河堤。我的大姑妈（我们那里对姑妈有个很奇怪的叫法，叫"摆摆"，别处我从未听过有此叫法）的家，出门西望，就看见爬上河堤的石级。这段河堤有石级，因为地名"御码头"，康熙或乾隆曾在此泊舟登岸（据说御码头夏天没有蚊子）。运

回忆是一种重逢

河是一条"悬河",河底比东堤下的地面高,据说河堤和墙垛子一般高,站在河堤上,可以俯瞰堤下街道房屋。我们几个同学,可以指认哪一处的屋顶是谁家的。城外的孩子放风筝,风筝在我们脚下飘。城里人家养鸽子,鸽子飞起来,我们看到的是鸽子的背。几只野鸭子贴水飞向东,过了河堤,下面的人看见野鸭子飞得高高的。

我们看船。运河里有大船。上水的大船多撑篙。弄船的脱光了上身,使劲把篙子梢头顶上肩窝处,在船侧窄窄的舷板上,从船头一步一步走到船尾。然后拖着篙子走回船头,欻的一声把篙子投进水里,扎到河底,又顶着篙子,一步一步向船尾。如是往复不停。大船上用的船篙甚长而极粗,篙头如饭碗大,有锋利的铁尖。使篙的通常是两个人,船左右舷各一人;有时只一个人,在一边。这条船的水程,实际上是他们用脚一步一步走出来的。这种船多是重载,船帮吃水甚低,几乎要漫到船上来。这些撑篙男人都极精壮,浑身作古铜色。他们是不说话的,大都眉棱很高,眉毛很重。因为长年注视着流动的水,故目光清明坚定。这些大船常有一个舵楼,住着船老板的家眷。船老板娘子大都很年轻,一边扳舵,一边敞开怀奶孩子,态度悠然。舵楼大都伸出一支竹竿,晾晒着衣裤,风吹着拍拍作响。

看打鱼。在运河里打鱼的多用鱼鹰。一般都是两条船,一船八只鱼鹰。有时也会有三条、四条,排成阵势。鱼鹰栖在木架上,精神抖擞,如同临战状态。打鱼人把篙子一挥,这些鱼鹰就劈劈啪啪,纷纷跃进水里。只见它们一个猛子扎下去,眨眼工夫,有的就叼了一条鳜鱼上来——鱼鹰似乎专逮鳜鱼。打鱼人解开鱼鹰脖子上的金属的箍(鱼鹰脖子上都有一道箍，否则它就会把逮到的鱼吞下去），把鳜鱼扔进船里，奖给它一条小鱼，它就高高兴兴，心甘情愿地转身又跳进水里去了。有时两只鱼鹰合力抬起一条大鳜鱼上来，鳜鱼还在挣蹦，打鱼人已经一手捞住了。这条鳜鱼够四斤！这真是一个热闹场面。看打鱼的，鱼鹰都很兴奋激动，倒是打鱼人显得十分冷静，不动声色。

远远地听见嘣嘣嘣嘣的响声，那是在修船、造船。嘣嘣的声音是斧头往船板上敲钉。船体是空的，故声音传得很远。待修的船翻扣过来，底朝上。这只船辛苦了很久，它累了，它正在休息。一只新船造好了，油了桐油，过两天就要下水了。看看崭新的船，叫人心里高兴——生活是充满希望的。船场附近照例有打船钉的铁匠炉，叮叮当当。有碾石粉的碾子，石粉是填船缝用的。有卖牛杂碎的摊子。卖牛杂碎的是山东人。这种摊子上还卖锅盔（一种很厚很大的面饼）。

我们有时到西堤去玩。我们那里的人都叫它西湖，湖很大，一眼望不到边，很奇怪，我竟没有在湖上坐过一次船。湖西是还有一些村镇的。我知道一个地名，菱塘桥，想必是个大镇子。我喜欢菱塘桥这个地名，引起我的向往，但我不知道菱塘桥是什么样子。湖东有的村子，到夏天，就把耕牛送到湖西去歇伏。我所住的东大街上，那几天就不断有成队的水牛在大街上慢慢地走过。牛过后，留下很大的一堆一堆牛屎。听说是湖西凉快，而且湖西有茭草，牛吃了会消除劳乏，恢复健壮。我于是想象湖西是一片碧绿碧绿的茭草。

高邮湖中，曾有神珠。沈括《梦溪笔谈》载：

回忆是一种重逢

嘉祐中，扬州有一珠甚大，天晦多见，初出于天长县陂泽中，后转入甓射湖，又后乃在新开湖中，凡十余年，居民行人常常见之。余友人书斋在湖上，一夜忽见其珠甚近，初微开其房，光自吻中出，如横一金线，俄顷忽张壳，其大如半席，壳中白光如银，珠大如拳，灿然不可正视，十余里间林木皆有影，如初日所照，远处但见天赤如野火，倏然远去，其行如飞，浮于波中，杳杳如日。古有明月之珠，此珠色不类月，荧荧有芒焰，殆类日光。崔伯易尝为《明珠赋》。伯易高邮人，盖常见之。近岁不复出，不知所往。樊良镇正当珠往来处，行人至此，往往维船数宵以待观，名其亭为"玩珠"。

这就是"秦邮八景"的第一景"甓射珠光"。沈括是很严肃的学者，所言凿凿，又生动细微，似乎不容怀疑。这是个什么东西呢？是一颗大珠子？嘉祐到现在也才九百多年，已经不可究诘了。高邮湖亦称珠湖，以此。我小时学刻图章，第一块刻的就是"珠湖人"，是一块肉红色的长方形图章。

湖通常是平静的，透明的。这样一片大水，浩浩渺渺（湖上常常没有一只船），让人觉得有些荒凉，有些寂寞，有些神秘。

黄昏了。湖上的蓝天渐渐变成浅黄，橘黄，又渐渐变成紫色，很深很浓的紫色。这种紫色使人深深感动。我永远忘不了这样的紫色的长天。

闻到一阵阵炊烟的香味，停泊在御码头一带的船上正在烧饭。

一个女人高亮而悠长的声音：

"二丫头……回来吃晚饭来……"

第二章　故乡最是暖人心

像我的老师沈从文常爱说的那样，这一切真是一个圣境。

高邮湖也是一个悬湖。湖面，甚至有的地方的湖底，比运河东面的地面都高。

湖是悬湖，河是悬河，我的家乡随时处在大水的威胁之中。翻开县志，水灾接连不断。我所经历过的最大的一次水灾，是民国二十年。

这次水灾是全国性的。事前已经有了很多征兆。连降大雨，西湖水位增高，运河水平了漕，坐在河堤上可以"踢水洗脚"。有许多很"瘆人"的不祥的现象。天王寺前，虾蟆爬在柳树顶上叫。老人们说：虾蟆在多高的地方叫，大水就会涨得多高。我们在家里的天井里躺在竹床上乘凉，忽然拨剌一声，从阴沟里蹦出一条大鱼！运河堤上，龙王庙里香烛昼夜不熄。七公殿也是这样。大风雨的黑夜里，人们说是看见"耿庙神灯"了。耿七公是有这个人的，生前为人治病施药，风雨之夜，他就在家门前高旗杆上挂起一串红灯，在黑暗的湖里打转的船，奋力向红灯划去，就能平安到岸。他死后，红灯还常在浓云密雨中出现，这就是耿庙神灯——"秦邮八景"中的一景。耿七公是渔民和船民的保护神，渔民称之为七公老爷，渔民每年要做会，谓之七公会。神灯是美丽的，但同时也给人一种神秘的恐怖感。阴历七月，西风大作。店铺都预备了高挑灯笼——长竹柄，一头用火烤弯如钩状，上悬一个灯笼，轮流值夜巡堤。告警锣声不绝。本来平静的水变得暴怒了。一个浪头翻上来，会把东堤石工的丈把长的青石掀起来。看来堤是保不住了。终于，我记得是七月十三（可能记错），倒了口子。我们那里把决堤叫做倒口子。西堤四处，东堤六处。湖水涌入运河，运河水直灌堤东。顷刻之间，高邮成为泽国。

我们家住进了竺家巷一个茶馆的楼上（同时搬到茶馆楼上的还有几家），巷口外的东大街成了一条河，"河"里翻滚着箱箱柜柜，死猪死牛。"河"里行了船，会水的船家各处去救人（很多人家爬在屋顶上、树上）。

约一星期后，水退了。

水退了，很多人家的墙壁上留下了水印，高及屋檐。很奇怪，水印怎么擦洗也擦洗不掉。全县粮食几乎颗粒无收。我们这样的人家还不致挨饿，但是没有菜吃。老是吃慈姑汤，很难吃。比慈姑汤还要难吃的是芋头梗子做的汤。日本人爱喝芋梗汤，我觉得真不可理解。大水之后，百物皆一时生长不出，唯有慈姑芋头却是丰收！我在小学的教务处地上发现几个特大的蚂蟥，缩成一团，有拳头大，踩也踩不破！

我小时候，从早到晚，一天没有看见河水的日子，几乎没有。我上小学，倘不走东大街而走后街，是沿河走的。上初中，如果不从城里走，走东门外，则是沿着护城河。出我家所在的巷子南头，是越塘。出巷北，往东不远，就是大淖。我在小说《异秉》中所写的老朱，每天要到大淖去挑水，我就跟着他一起去玩。老朱真是个忠心耿耿的人，我很敬重他。他下水把水桶弄满（他两腿都是筋疙瘩——静脉曲张），我就拣选平薄的瓦片打水漂。我到一沟、二沟、三垛，都是坐船。到我的小说《受戒》所写的庵赵庄去，也是坐船。我第一次离家乡去外地读高中，也是坐船——轮船。

水乡极富水产。鱼之类，乡人所重者为鳊、白、鲦（鲦花鱼即鳜

第二章　故乡最是暖人心

鱼)。虾有青白两种。青虾宜炒虾仁，呛虾(活虾酒醉生吃)则用白虾。小鱼小虾，比青菜便宜，是小户人家佐餐的恩物。小鱼有名"罗汉狗子""猫杀子"者，很好吃。高邮湖蟹甚佳，以作醉蟹，尤美。高邮的大麻鸭是名种。我们那里八月中秋兴吃鸭，馈送节礼必有公母鸭成对。大麻鸭很能生蛋。腌制后即为著名的高邮咸蛋。高邮鸭蛋双黄者甚多。江浙一带人见面问起我的籍贯，答云高邮，多肃然起敬，曰："你们那里出咸鸭蛋。"好像我们那里就只出咸鸭蛋似的！

我的家乡不只出咸鸭蛋。我们还出过秦少游，出过散曲作家王磐，出过经学大师王念孙、王引之父子。

县里的名胜古迹最出名的是文游台。这是秦少游、苏东坡、孙莘老、王定国文酒游会之所。台基在东山(一座土山)上，登台四望，眼界空阔，我小时常凭栏看西面运河的船帆露着半截，在密密的杨柳梢头后面，缓缓移过，觉得非常美。有一座镇国寺塔，是个唐塔，方形。这座塔原在陆上，运河拓宽后，为了保存这座塔，留下塔的周围的土地，成了运河当中的一个小岛。镇国寺我小时还去玩过，是个不大的寺。寺门外有一堵紫色的石制的照壁，这堵照壁向前倾斜，却不倒。照壁上刻着海水，故名水照壁。寺内还有一尊肉身菩萨的坐像，是一个和尚坐化后漆成的。寺不知毁于何时。另外还有一座净土寺塔，明代修建。我们小时候记不住什么镇国寺、净土寺，因其一在西门，名之为西门宝塔；一在东门，便叫它东门宝塔。老百姓都是这么叫的。

全国以邮字为地名的，似只高邮一县。为什么叫做高邮？因为秦始

回忆是一种重逢

皇曾在高处建邮亭。高邮是秦王子婴的封地,到今还有一条河叫子婴河,旧有子婴庙,今不存。高邮为秦代始建,故又名秦邮。外地人或以为这跟秦少游有什么关系,没有。

1991 年 6 月 20 日

月是故乡明

季羡林

每个人都有个故乡，人人的故乡都有个月亮，人人都爱自己故乡的月亮。事情大概就是这个样子。

但是，如果只有孤零零一个月亮，未免显得有点孤单。因此，在中国古代诗文中，月亮总有什么东西当陪衬，最多的是山和水，什么"山高月小""三潭印月"等等，不可胜数。

我的故乡在山东西北部大平原上。我小时候从来没有见过山，也不知山为何物。我曾幻想，山大概是一个圆而粗的柱子吧，顶天立地，好不威风。以后到了济南，才见到山，恍然大悟：山原来是这个样子呀。因此，我在故乡里望月，从来不同山联系。像苏东坡说的"月出于东山之上，徘徊于斗牛之间"，完全是我无法想象的。

至于水，我的故乡小村却大大地有。几个大苇坑占了小村面积一多半。在我这个小孩子眼中，虽不能像洞庭湖"八月湖水平"那样有气派，但也颇有一点烟波浩渺之势。到夏天黄昏以后，我躺在坑边场院的地上，数天上的星星。有时候在古柳下面点起篝火，然后上树一摇，成群的知了飞落下来，比白天用嚼烂的麦粒去粘要容易得多。我天天晚上乐此不疲，天天盼望黄昏早早来临。

到了更晚的时候，我走到坑边，抬头看到晴空一轮明月，清光四溢，与水里的那个月亮相映成趣。我当时虽然还不懂什么叫诗兴，但也顾而乐之，心中油然有什么东西在萌动。有时候在坑边玩很久，才回家睡觉。在梦中见到两个月亮叠在一起，清光更加晶莹澄澈。第二天一早起来，到坑边苇子丛里去捡鸭子下的蛋。白光一闪，手伸向水中，一摸就是一个蛋。此时更是乐不可支了。

我只在故乡待了六年，以后就离乡背井，漂泊天涯。在济南住了十多年，在北京度过四年，又回到济南待了一年，然后在欧洲住了近十一年，又回到北平，到现在已经四十多年了。在这期间，我曾到过世界上将近三十个国家，看过许许多多的月亮。在风光旖旎的瑞士日内瓦湖上，在平沙无垠的非洲大沙漠中，在碧波万顷的大海中，在巍峨雄奇的高山上，我都看到过月亮，这些月亮应该说都是美妙绝伦的，我都异常喜欢。但是，看到它们，我立刻就想到我故乡中那个苇坑上面和水中的那个小月亮。对比之下，无论如何我也会感到，这些广阔世界的大月亮，万万比不上我那心爱的小月亮。不管我离开故乡多少万里，我的心立刻就飞回了。我的小月亮，我永远忘不掉你！

我现在年近耄耋。住的朗润园是燕园胜地。此地有茂林修竹，绿水环流，还有几座土山点缀其间，风光无疑是绝妙的。前几年，我从庐山休养回来，一个同在庐山休养的老朋友来看我。他看到这样的风光，慨然说:"你住在这样的好地方,还到庐山去干吗呢!"可见朗润园给人印象之深。此地既然有山,有水,有树,有竹,有花,有鸟,每逢望夜,一轮明月当空,月光闪耀于碧波之上,上下空蒙,一碧数顷,而且荷香远溢,宿鸟幽鸣,真不能不说是赏月胜地。荷塘月色的奇景,就在我的窗外。不管是谁来到这里,难道还能不顾而乐之吗?

然而,每值这样的良辰美景,我想到的却仍然是故乡苇坑里的那个平凡的小月亮。见月思乡,已经成为我经常的举动。思乡之病,说不上是苦是乐,其中有追忆,有惆怅,有留恋,有惋惜。流光如逝,时不再来。在微苦中实有甜美在。月是故乡明。我什么时候能够再看到我故乡里的月亮呀!我怅望南天,心飞向故里。

旧宅

//

穆时英

谕南儿知悉：我家旧宅已为俞老伯购入，本星期六为其进屋吉期，届时可请假返家，同往祝贺。切切。

父字十六日

读完了信，又想起了我家的旧宅，便默默地抽一支淡味的烟，在一种轻淡的愁思里边，把那些褪了色的记忆的碎片，一片片地捡了起来。

旧宅是一座轩朗的屋子，我知道这里边有多少房间，每间房间有多少门，多少灯，我知道每间房间墙壁上油漆的颜色，窗纱的颜色，我知道每间房间里有多少钉——父亲房间里有五枚，我的房间有三枚。本来我的房间里是一枚也没有的，那天在父亲房间里一数有五枚钉，心里气不过，拿了钉去敲在床前地板上，刚敲到第四枚，给父亲听见了，跑上来打了我十下手心，吩咐下次不准，就是那么琐碎的细事也还记得很清楚。

第二章　故乡最是暖人心

还记得园子里有八棵玫瑰树，两棵菩提树，还记得卧室窗前有一条电线，每天早上醒来，电线上总站满了麻雀，冲着太阳歌颂着新的日子，还记得每天黄昏时，那叫做根才的老园丁总坐在他的小房子里吹笛子，他是永远戴着顶帽结子往下陷着点儿的，肮脏的瓜皮帽的。还记得暮春的下午，时常坐在窗前，瞧屋子外面那条僻静的路上，听屋旁的田野里杜鹃的双重的啼声。

那时候我有一颗清静的心，一间清净的，奶黄色的小房间。我的小房间在三楼，窗纱上永远有着电线的影子，白鸽的影子，推开窗来，就可以看到青天里一点点的，可爱的白斑痕，便悄悄地在白鸽的铃声里怀念着人鱼公主的寂寞，小铅兵[①]的命运。

每天早上一早就醒来了，屋子里静悄悄的没一点人声，只有风轻轻地在窗外吹着，像吹上每一片树叶似的。躺在床上，把枕头底下的《共和国民教科书》第五册掏出来，低低地读十遍，背两遍，才爬下床来，赤脚穿了鞋子走到楼下，把老妈子拉起来叫给穿衣服，洗脸。有时候，走到二层楼，恰巧父亲们打了一晚上牌，还没睡，正在那儿吃点心，便给妈赶回来，叫闭着眼睡在床上，说孩子们不准那么早起来。睡着睡着，挨了半天，实在挨不下去了，再爬起来，偷偷地掩下去，到二层楼一拐弯，就放大了胆达达地跑下去：

"喝，小坏蛋，又逃下来了！"妈赶出来，一把抓回去，打了几下手心才给穿衣服。

[①]《坚定的锡兵》中的锡兵。

回忆是一种重逢

跟着妈走到下面,父亲就抓住了给洗脸,闹得一鼻子一耳朵的胰子[①]沫,也不给擦干净。拿手指挖着鼻子孔,望着父亲不敢说话。大家全望着笑。心里气,又不敢怎么着,把胰子沫全抹在妈身上,妈笑着骂,重新给洗脸,叫吃牛奶。吃了牛奶,抹抹嘴,马上就背了书包上学校。妈总说:

"傻子,又那么早上学校去了,还只七点半呢。"

晚上放学回去,总是一屋子的客人,烟酒,和谈笑。父亲总叼着雪茄坐在那儿听话匣子[②]里的"洋人大笑",听到末了,把雪茄也听掉了,腰也笑弯了,一屋子的客人便也跟着笑弯了腰。父亲爱喝白兰地,上我家来的客人也全爱喝白兰地;父亲爱上电影院,上我家来的客人也全爱上电影院;父亲信八字,大家就全会看八字。他们会从我的八字里边看出总统命来。

"世兄将来真是了不得的人物!我八字看多了,就没看见过那么大红大紫的好八字。"

父亲笑着摸我的脑袋,不说话;他是在我身上做着黄金色的梦呢。每天晚上,家里要是没有客人,他就叫我坐在他旁边读书,他闭着眼,抽着烟,听着我。他脸上得意的笑劲儿叫我高兴得一遍读得比一遍响。读了四五遍,妈就赶着叫我回去睡觉。她是把我的健康看得比总统命还要重些的。妈喜欢打牌,不十分管我,要父亲也别太管紧了我,老跟父亲那么说:

---

① 香皂的意思。
② 收音机的意思。

第二章　故乡最是暖人心

"小孩子别太管严了，身体要紧，读书的日子多着呢！"

父亲总笑着说："管孩子是做父亲的事情，打牌才是你的本分。"

真的，妈的手指是为了骨牌生的，这么一来，父亲的客人就全有了爱打牌的太太。我上学校去的时候，她们还在桌子上做中发白的三元梦；放学回来，又瞧见她们精神抖擞地在那儿和双翻了。走到妈的房间里边，赶着梳了辫子的叫声姑姑，见梳了头的叫声丈母；那时候差不多每一个女客人都是我的丈母，这个丈母搂着我心肝，乖孩子的喊一阵子，那个丈母跟我亲亲热热的说一回话，好容易才挣了出来，到祖母房间里去吃莲心粥。是冬天，祖母便端了张小椅子放在壁炉前面，叫我坐着烤火，慢慢儿地吃莲心粥。天慢慢儿地暗下来，炉子里的火越来越红了，我有了一张红脸，祖母也有了一张红脸，坐在黑儿里这喃喃地念佛，也不上灯。看看地上的大黑影子，再看看炉子里烘烘地烧着的红火，在心里边商量着还是如来佛大，还是玉皇大帝大，就问祖母：

"奶奶，如来佛跟玉皇大帝谁的法力大？"

祖母笑说："傻子，罪过。"

便不再作声，把地上躺着的白猫抱上，叫睡在膝盖儿上不准动，猫肚子里打着咕噜，那只大钟在后边儿嗒嗒地走，我静静儿的坐着，和一颗平静空寂的心脏一同地。

是夏天，祖母便捉住我洗了个澡，扑得我一脸一脖子的爽身粉，拿着莲心粥坐到园子里的菩提树下，缓缓地挥着扇子。躺在藤椅上，抬起脑袋来瞧乌鸦成堆的打紫霞府下飞过去。那么寂静的夏天的黄昏，藤椅的清凉味，老园丁的幽远的笛声，是怎么也不会忘了的。

一颗颗的星星，夜空的眼珠子似的睁了满天都是，祖母便教我数星："牛郎星，织女星，天上有七十六颗扫帚星，八十八颗救命星，九十九颗白虎星……"

数着数着便睡熟在藤椅里了，醒来时却睡在祖母床上，祖母坐在旁边，拿扇子给我赶蚊子，手里拿着串佛珠，打翻了一碗豆似的，悉悉地念着心经。我一动，她就接着我叫慢着起来说：

"刚醒来，魂灵还没进窍呢。"

便静静地躺在床上。

那只大灯拉得低低的压在桌子上面，灯罩那儿还扎了条大手帕，不让光照到我脸上。桌子上面放了一脸盆水。数不清的青色的小虫绕着电灯飞，飞着飞着就掉到水里边。那些青色的小虫都是我的老朋友，我天天瞧它们绕着灯尽飞，瞧它们糊糊涂涂地掉到水里边。祖母房间里的东西全是我的老朋友，到现在我还记得它们的脸，它们的姿态的：床上的那只铜脚炉生了一脸的大麻子，做人顶诚恳，跟你讲话就像要把心掏出来你看似的；挂在窗前的那柄纱团扇有着轻佻的身子；那些红木的大椅子，大桌子，大箱大柜全生得方头大耳，挺福相的。

躺到七点钟模样，才爬起来，到楼上和妈一同吃饭，每天晚餐里总有火腿汤的。因为我顶爱喝火腿汤，吃了饭，就独自个儿躲在房间里，关上了房门，爬在桌子底下，把一些家私掏出来玩着。我有一只小铁箱，里边放了一颗水晶弹子，一张画片，一只很小的金元宝，一块金锁片，一只水钻的铜戒指，一把小手枪，一枚针——那枚针是我的奶妈的，她死的时候，我便把她扎鞋帮的针偷了来，桌子底下的墙上有一个洞，我

第二章　故乡最是暖人心

的小铁箱就藏在这里边，外面还巧妙地按了层硬纸，不让人家瞧见里边的东西。

抓抓这个，拿拿那个，过了一回，玩倦了，就坐在桌子底下喊老妈子。老妈子走了进来，一面咕噜着：

"这么大的孩子，还要人家给脱衣服。"一面把我按在床上，狠狠的给脱了袜子，鞋子，放下了帐了，把床前的绿纱灯开了，就走了。

躺着瞧那绿纱里的一朵安静的幽光，朦胧地想着些夏夜的花园，笛声，流水，月亮，青色的小虫，又朦胧地做起梦来。

礼拜六，礼拜天，和一些放假的日子也待在家里，那些悠长的，安逸的下午，我总坐在园子里，和老园丁，和祖母一同地，听他们讲一些发了霉的故事，笑话，除了上学校，新年里上亲戚家里拜年，是不准走到这屋子外面去的。我的宇宙就是这座屋子，这座屋子就是我的宇宙，就为了父亲在我身上做着黄金色的梦：

"这孩子，我就是穷到没饭吃，也得饿着肚子让他读书的。"那么地说着，把我当了光宗耀祖的千里驹，一面在嘴犄角儿那儿浮上了得意的笑。父亲是永远笑着的，可是在他的笑脸上有着一对沉思的眼珠子。他是个刚愎，精明，会用心计，又有自信力的人。那么强的自信力！他所说的话从没一句错的，他做的事从没一件错的。时常做着些优美的梦，可是从不相信他的梦只是梦；在他前半世，他没受过挫折，永远生存在泰然的心境里，他是愉快的。

母亲是带着很浓厚的浪漫谛克①的气分的，还有些神经质。她有着微

---

① 英语 romantic 的音译，浪漫的意思。

妙敏锐的感觉，会听到人家听不到的声音，看到人家看不到的形影。她有着她自己的世界，没有第二个人能跑进去的世界，可是她的世界是由舒适的物质环境来维持着的，她也是个愉快的人。

祖母也是个愉快的人，我就在那些愉快的人，愉快的笑声里边长大起来。在十六岁以前，我从不知道人生的苦味。

就在十六岁那一年，有一天，父亲一晚上没回来。第二天，放学回去，屋子里静悄悄的没一点牌声，谈笑声，没一个客人，下人们全有着张发愁的脸。父亲独自个儿坐在客厅里边，狠狠地抽着烟，脸上的笑劲儿也没了，两圈黑眼皮，眼珠子深深地陷在眼眶里边。只一晚上，他就老了十年，瘦了一半。他不像是我的父亲；父亲是有着愉快的笑脸，沉思的眼珠子，蕴藏着刚毅坚强的自信力的嘴的。他只是一个颓丧，失望的陌生人。他的眼珠子里边没有光，没有愉快，没有忧虑，什么都没有，只有着白茫茫的空虚。走到祖母房里，祖母正闭着眼在那儿念经，瞧我进去，便拉着我的手，道：

"菩萨保佑我们吧！我们家三代以来没做过坏事呀！"

到母亲那儿去，母亲却躺在床上哭。叫我坐在她旁边，唠唠叨叨地，跟我诉说着：

"我们家毁了！完了，什么都完了！以后也没钱给你念书了！全怪你爹做人太好，太相信人家，现在可给人家卖了！"

我却什么也不愁，只愁以后不能读书；眼前只是漆黑的一片，也想不起以后的日子是什么颜色。

接着两晚上，父亲坐在客厅里，不睡觉也不吃饭，也不说话，尽抽烟，谁也不敢去跟他说一声话；妈躺在床上，肿着眼皮病倒了。一屋子的人全悄悄的不敢咳嗽，踮着脚走路，凑到人家耳朵旁边低声地说着话。第三天晚上，祖母哆嗦着两条细腿，叫我扶着摸到客厅里，喊着父亲的名字说：

"钱去了还会回来的，别把身体糟坏了。再说，英儿今年也十六岁了，就是倒了霉，再过几年，小的也出世了，我们家总不愁饿死。我们家三代没做过坏事啊！"

父亲叹了口气，两滴眼泪，蜗牛似的，缓慢地，沉重地从他眼珠子里挂下来，流过腮帮儿，笃笃地掉到地毯上面。我可以听到它的声音，两块千斤石跌在地上似的，整个屋子，我的整个的灵魂全振动了。过了一回，他才开口道：

"想不到的！我生平没伤过阴，我也做过许多慈善事业，老天对我为什么那么残酷呢！早几天，还是一屋子的客人，一倒霉，就一个也不来了。就是来慰问慰问我，也不会沾了晦气去的。"

又深深地叹息了一下。

"世界本来是那么的。色即是空，空即是色——菩萨保佑我们吧！"

"真的有菩萨吗？嘻！"冷笑了一下。

"胡说！孩子不懂事。"祖母念了声佛，接下去道："还是去躺一回吧。"

八十多岁的老母亲把五十多岁的儿子拉着去睡在床上，不准起来，就像母亲把我按在床上，叫闭着眼睡似的。

过了几天，我们搬家了。搬家的前一天晚上，我把桌子底下的那只小铁箱拿了出来，放了一张纸头在里边，上面写着：

"应少南之卧室,民国十六年五月八日",去藏在我的秘密的墙洞里,找了块木片把洞口封住了;那时原怀了将来赚了钱把屋子买回来的心思的。

搬了家,爱喝白兰地的客人也不见了,爱上电影院的客人也不见了,跟着父亲笑弯了腰的客人也不见了,母亲没有了爱打牌的太太们,我没有了总统命,没有了丈母,没有奶黄色的小房间。

每天吃了晚饭,屋子里没有打牌的客人,没有谈笑的客人,一家人便默默地怀念着那座旧宅,因为这里边埋葬了我的童年的愉快,母亲的大三元,祖母的香堂,和父亲的笑脸。只有一件东西父亲没忘了从旧宅里搬出来,那便是他在我身上的金黄色的梦。抽了饭后的一支烟,便坐着细细地看我的文卷,教我学珠算,替我看临的《黄庭经》。时常说:"书算是不能少的装饰品,年纪轻的时候,非把这两件东西弄好不可的。"就是在书算上面,我使他失望了。临了一年多《黄庭经》,写的字还像爬在纸上的蚯蚓,珠算是稍为复杂一点的数目便会把个十百的位置弄错了的。因为我的书算能力的低劣,对我的总统命也怀疑起来。每一次看了我的七歪八倒的字和莫名其妙的得数,一层铅似的忧郁就浮到他脸上。望着我,尽望着我;望了半天,便叹了口气,倒在沙发里边,揪着头发:

"好日子恐怕不会再回来了!"

我不敢看他的眼珠子,我知道他的眼珠子里边是一片空白,叫我难受得发抖的空白。

那年冬天,祖母到了她老死的年龄,在一个清寒的十一月的深夜,她闭上了眼睑。她死得很安静,没喘气,也没捏拗,一个睡熟了的老年人似的。她最后的一句话是对父亲说的：

"耐着心等吧，什么都是命，老天会保佑我们的。"

父亲没说话，也没淌眼泪，只默默地瞧着她。

第二年春天，父亲眼珠子里的忧郁淡下去了，暖暖的春意好像把他的自信力又带了回来，脸上又有了愉快的笑劲儿。那时候我已经住在学校里，每星期六回来总可以看到一些温和的脸，吃一顿快乐的晚饭，虽说没有客人，没有骨牌，没有白兰地，我们也是一样的装满了一屋子笑声。因为父亲正在拉股子，预备组织一个公司。他不在家的时候，母亲总和我对坐着，一对天真的孩子似的说着发财以后的事：

"发了财，我们先得把旧宅赎回来。"

"我不愿意再住那间奶黄色的小房间了，我要住大一点的。我已经是一个大人咧。"

"快去骗个老婆回来！娶了妻子才让你换间大屋子。"

"这辈子不娶妻子了。"

"胡说，不娶妻子，生了你干吗？本来是要你传宗接代的。"

"可是我的丈母现在全没了。"

"我们发了财，她们又会来的。"

"就是娶妻，我也不愿意请从前上我们家来的客人。"

"那些势利的混蛋，你瞧，他们一个也不来了。"

"我们住在旧宅里的时候，不是天天来的吗？"

"我们住在旧宅里的时候，天天有客人来打牌的。"

"旧宅啊！"

"旧宅啊！"

母亲便睁着幻想的眼珠子望着前面，望着我望不到的东西，望着辽远的旧宅。

"总有一天会把旧宅赎回来的。"

在空旷的憧憬里边，我们过了半个月活泼快乐的日子；我们扔了丑恶的现实，凝视着建筑在白日梦里的好日子。可是，有一天，就像我十六岁时那一天似的，八点钟模样，父亲回来了，和一双白茫茫的眼珠子一同地。没说话，怔着坐了一会儿，便去睡在床上。半晚上，我听到他女人似的哭起来。第二天，就病倒了。那年的暑假，我便在父亲的病榻旁度了过去。

"人真是卑鄙的动物啊！我们还住在旧宅里边时，每天总有两桌人吃饭，现在可有一个鬼来瞧瞧我们没有？我病到这步田地，他们何尝不知道！许多都是十多年的老朋友了，许多还是我一手提拔出来的，就是来瞧瞧我的病也不会损了他们什么的。人真是卑鄙的动物啊！我们还住在旧宅里边时，害了一点伤风咳嗽就这个给请大夫，那个给买药，忙得屁滚尿流——对待自己的父亲也不会那么孝顺的，我不过穷了一点，不能再天天请他们喝白兰地，看电影，坐汽车，借他们钱用罢咧，已经看见我的影子都怕了。要是想向他们借钱，真不知道要摆下怎样难看的脸子！往后的日子长着呢！……"喃喃地诉说着，末了便抽抽咽咽地哭了起来。

这不是病，这是一种抑郁；在一些抑郁的眼泪里边，父亲一天天地憔悴了。

第二章　故乡最是暖人心

在床上躺了半年，病才慢慢儿地好起来，害了病以后的父亲有了颓唐的眼珠子，蹒跚的姿态，每天总是沉思地坐在沙发里咳嗽着，看着新闻报本埠附刊，静静地听年华的跫音枯叶似的飘过去。他是在等着我，等我把那座旧宅买回来。是的，他是在耐着心等，等那悠长的四个大学里的学年。可是，在这么个连做走狗的机会都不容易抢到的社会里边，有什么法子能安慰父亲颓唐的暮年呢？

我的骨骼一年年地坚实起来，父亲的骨骼一年年地脆弱下去。到了我每天非刮胡髭不可的今年，每天早上拿到剃刀，想起连刮胡髭的兴致和腕力都没有了的父亲，我是觉得每一根胡髭全是生硬地从自己的心脏上面刮下来的。时常好几个礼拜不回去；我怕，我怕他的眼光。他的眼光在——

"喝吧，吃吧，我的血，我的肉啊！"那么地说着。

我是在喝着他的血，吃着他的肉；在他的血肉里边，我加速度地长大起来，他加速度地老了。他的衰颓的咳嗽声老在我耳朵旁边响着，每一口痰都吐在我心脏上面。逃也逃不掉的，随便跑到哪儿，他总在我耳朵旁边咳嗽着，他的抑郁的眼珠子总望着我。

到了星期六，同学们高高兴兴地回家去，我总孤独地待在学校里。下午，便独自个儿坐在窗前，望着寂寞的校园，瘖瘖地：

"要是在旧宅里的时候，每星期回去可以找到一个愉快的父亲的。"怀念着失去了的旧宅里的童年。"父亲也在怀念着吧？怀念一个旧日的恋人似的怀念着吧！"

六年不见了的旧宅也该比从前苍老得多了，真想再到这屋子里边去看一次，瞧瞧我的老友们，那间奶黄色的小房间，床根那儿的三枚钉，桌子底下墙洞里的小铁箱。接到父亲的信的那星期六下午——是一个晴朗的五月的下午，淡黄的太阳光照得人满心欢喜，父亲的脸色也明朗得多——和父亲一同地去看我们的旧宅，去祝贺俞老伯的进屋吉期。

那条街比从前热闹得多了，我们的屋子的四面也有了许多法国风的建筑物，街旁也有了几家铺子，只是我们的屋子的右边，还是一大片田野，中间那座倾斜的平房还站在那儿，就在腰上多加了一条撑木，粉墙更黝黑了一点。旧宅也苍老了许多，爬在墙上的紫藤已经有了昏花的眼光，那间奶黄的小房间的窗关着，太阳光照在上面，看不出里边窗纱的颜色，外面的百叶窗长了一脸皱纹，伸到围墙外面来的菩提树有了婆娑的姿态。

我们到得很早，客厅里只三个客人，客厅里的陈设和从前差不多，就多了只十二灯的落地无线电收音机。俞老伯不认识我了，从前他是时常到我家来的，搬了家以后，只每年新年里边来一次，今年却连拜年也没来。他见了我，向父亲说：

"就是少南吗？这么大了！"

"日子真容易过，在这儿爬着学走路还像是昨天的事，一转眼已经二十多年了。"

"可不是吗，那时候我们年纪轻，差不多天天在这屋子里打牌打一通夜，现在兴致也没了，精力也没了。"

"搬出了这屋子以后的六年，我真老得厉害啊！"父亲叹息了一下，望着窗外的园子不再做声。

第二章　故乡最是暖人心

俞老伯便回过身来问我在哪儿念书，念的什么科，多咱能毕业，听我说念的文科，他就劝我改理科，说了一大篇中国缺少科学人才的话。

坐了一回，客人越来越多了，他们谈着笑着。俞老伯说过几天公债一定还要跌，他们也说公债还要跌；俞老伯说东，他们连忙说东，说西，也连忙说西。父亲只默默地坐着，他在想六年前的"洋人大笑"；想那些跟着他爱喝白兰地的客人，跟着他爱上电影院的客人；想他的雪茄；想他的沙发。

"去瞧瞧你的屋子。"父亲站了起来，又对我说："跟我去瞧瞧吧，六年没来了。"

"你们爷儿俩自己去吧，我也不奉陪了，反正你们是熟路。"俞老伯说。

"对了，我们是熟路。"一层青色的忧郁从父亲明朗的脸色上面掠了过去。

我跟在他后面，走到客厅后边楼梯那儿。在楼梯拐弯那儿，父亲忽然回过身子来：

"你知道这楼梯一共有几级？"

"五十二级。"

"你倒还记得，这楼梯得拐三个弯，每一个拐弯有十四级。造这屋子是我自己打的图样，所以别的事情不大记得清楚，这屋子里有几粒灰尘我也记得起来的。每一级有两英尺阔，十英寸高，八英尺长，你量一下，一分不会错的。"

说着说着到了楼上，父亲本能地往他房里走去。墙上本来是漆的淡绿色的漆，现在改漆了浅灰的。瞎子似的，他把手摸索着墙壁，艰苦地，一步步的挨进去。他的手哆嗦着，嘴也哆嗦着，低得听不见的话从他的牙齿里边漏出来：

"我们的床是放在那边窗前的，床旁边有一只小几，几上放着只烟灰盘，每晚上总躺在床上抽支烟的。几上还有盏绿纱罩着的灯——还在啊，可是换了红纱罩了。"

走到灯那儿，转轻地摸着那盏灯，像摸一个儿子的脑袋似的。

"他们为什么不把床放在这儿呢？"看看天花板，又仔细地看每一块地板：

"现在全装了暗线了，地板倒还没有坏，这是柚木镶的，不会坏的，我知道，我知道得很清楚，因为这屋子是我造的，这房间里我睡过十八年，是的，我睡过十八年，十八年，十八年……"

隔壁房间里正在打牌，那间房子本来是母亲的客厅和牌室，大概现在也就是俞太太的客厅和牌室了吧，一些女人的笑声和孩子们的声音很清晰地传到这边来，就像六年前似的。

"再到别的房间去瞧瞧吧。"父亲像稍为平静了些，只是嘴唇还哆嗦着。

走过俞太太的客厅的时候，只见挤满了一屋子的，年轻的，年老的太太们。

"六年前，这些人全是我的丈母呢！"那么地想着。

父亲和俞太太招呼了一下："来瞧瞧你们的新房子。"也不跑进去，直往顶东面从前祖母的房间里走去。像是他们的小姐的闺房，或是他们的少爷的新房，一房间的立体儿的衣橱，椅子，梳妆台，那四只流线式的小沙发瞧过去，视线会从那些飘荡的线条和平面上面滑过去似的。又

第二章　故乡最是暖人心

矮又阔的床前放了双银绸的高跟儿拖鞋，再没有大麻子的铜脚炉了。祖母的红木的大箱大橱全没了！挂观音大士像的地方儿挂一张琼克劳福的十寸签名照片，放香炉的地方放着瓶玫瑰——再没有恬静的素香的烟盘绕着这古旧的房间！我想着祖母的念佛珠，没有门牙的嘴，莲心粥，清净空寂的黄昏。

"奶奶是死在这间屋子里的。"

"奶奶死了也快六年了！"

"上三层楼去瞧瞧吧？"

"去瞧瞧你的房间也好。"

我的房间一点没改动，墙上还是奶黄色的油漆，放一只小床，一辆小汽车，只是没挂窗纱，就和十年前躺在床上背《共和国民教科书》第五册时么的。推开窗来，窗外的园子里那些小树全长大了，还是八棵玫瑰树，正开了一树的花，窗前那条电线上面，站满了麻雀，吱吱喳喳的闹。十年前的清净的心，清净的小房间啊！我跑到桌子底下想找那只小铁箱，可是那墙洞已经给砌没了。床根那儿的三枚钉却还在那儿，已经秃了脑袋，发着钝光。

"那三枚钉倒还在这儿！"看见六年不见的老友，高兴了起来。

父亲忽然急急地走了出去："我们去吧。"头也不回地直走到下面，也没再走到客厅里去告辞，就跑了出去。到了外面，他的步伐又慢了起来，低着脑袋，失了知觉地走着。

已经是黄昏时候，人的轮廓有点模糊，我跟在父亲后边，也不敢问他可要雇车，正在为难，瞧见他往前一冲，要摔下去的模样，连忙抢上去扶住了他的胳膊。他站住了靠在我身上咳嗽起来，太阳穴那儿渗出来几滴冷汗。咳了好一会才停住了，闭上了眼珠子微微地喘着气，鼻子孔里慢慢儿的挂下一条鼻涎子来。

"爹爹，我们叫辆汽车吧？"我凑到他耳朵旁边低声地说——天哪，我第一次瞧见他的鬓发真的已经斑白了。

他不说话，鼻涎子尽挂下来，挂到嘴唇上面也没觉得。

我掏出手帕来，替他抹掉了鼻涎，扶着他慢慢儿的走去。

1933 年 5 月 22 日

我老家（节选）

// 蒋廷黻

我家门前有一条小路，人称小官道。小官道可以经过邵阳到楮塘铺；楮塘铺是个镇，镇北三里通大官道。循大官道可至湘乡和湘潭，最后可抵长沙。据我估计：从邵阳到长沙大约有一百四十里。路上都铺着青石板。小官道宽约四尺。如果有两乘轿子在路上相遇，其中一乘必须要躲在路旁，静待其他一乘过去，然后再走，以免被挤落田间或水塘。大官道宽约八尺，轿子可以并排通过。

我家东、南、西三面都是水田。北面有两个水塘，塘水用于灌溉和养鱼。四周既不是平原也不是山谷。房西是一带丘陵，最高处不到二十五尺，房后是一座小山，高约五十尺，孤立在那里，南、北两方视线受阻，看不出去。这块地方实在太小，小得简直不能称为一块平地，同时西面的丘陵又太矮，无法形成一条山谷。

房西约二百尺处是一条小河，宽约二十尺，雨后，上流的水流下来，水深可达十尺。过几天，水位下降，可以看见奇形怪状的石子。河上有一座木桥，是用六根松木架成的，下面是石头桥墩。有一次，我建议把木桥改成石桥，但是我的长辈们不赞成，他们说石桥建在大门前会破坏风水，带来恶运。

小河和木桥为我们族中兄弟们带来很多快乐。有时水浅，我们可以嬉水，并可寻找五光十彩的小石子；有时我们可以用各种方法去捕鱼。我们捕到的都是小鱼，从来没有超过四寸长的。小河南岸有古树，树中间又生着矮小的灌木。我们在树荫下游戏。小鸟在灌木中筑巢。

这座房子住了我们五代。它本身是我太爷替他的两个儿子建造的。起初，房子的建造是左右耳房各一栋，中间是一栋宽敞的祖先堂。堂内设有祖先的供桌，每遇婚丧大典都在那儿举行。祖先堂是全家人的公产。我祖父和他的子女住南耳房，叔祖和他的子女住北耳房。虽然我在这栋房子里一直住到十二岁，后来我又回去过好几次，但我一直不知道它到底有多少间。那是一栋大而不规则的房子。

我太爷和我祖父在我出生前就已过世。我祖母自己住一套房间。我父亲和他的两兄弟也各住一套房间。我们可以说，那简直是一栋大公寓，每个成婚的人都会分到一小栋。只是，每栋都不是分开的。后来，当我这一代的人口增多时，我们的先人就再增建房屋，于是，我们也能分到一套房间。

从远处看，我家房子酷似两座并列的帐篷。每座帐篷有两条雕琢精美的屋檐。这两座帐篷由一条平行的屋脊串连到一起。那条平行屋脊的下面就是祖先堂。这座房子外表很有气势。前面的墙壁下面四尺是砖，上面是土坯。房子的结构非常坚固，家人不担心它会倒塌。砖墙上面勾

第二章　故乡最是暖人心

着石灰的混合物，这种混合物在古老的中国等于现在的水泥。不但可以防风雨的侵蚀，而且可以使外表美观。

房子的门窗都是木制的，上面没有玻璃，窗子上面糊着窗纸，不仅可以防风雨，又可以掩蔽隐私。因为是纸，所以不坚固，要时常更换。屋中的地是干土铺的，经人常年践踏，早已坚硬如石。当然，那儿是没有自来水的。房后是女厕所，男厕所设在屋角。所有的屋子都很暗。因为老一辈人都喜欢讲鬼，所以当我回忆到童年时，就越发感到那些屋子的阴森。

有些邻居的房子比我家的富丽堂皇。北面距我家两里是赵家。正南约两里是赵姓的另一族。东面山后也有一排房子，那是邓家。这些房子都比我家的有气势。外形美，用的砖也多。他们房前大多数都有一片砖铺的庭院。孩子们可以在院里玩，客人们也可以在那里下轿子。

我家西面是一片茅草屋，有的只有一间屋子。紧邻我们的房子，在水塘的那一边，住着我太爷的另一支后人。他们的房子比我们的大，但不如我们的好，至少在外表上不如我们。在那栋房子里，住着我祖父的堂兄弟——我的六叔祖，七叔祖和八叔祖。

我十岁时，祖父这一支的人口就已经超过了二十人。大伯父夫妇生三子三女，二伯父夫妇生一子四女。家父在兄弟三人中最年幼，有一女三子。因此，我祖母膝下有三子，三个媳妇和十四个孙辈。

我应该再补充说明一下，我的祖父母有一个女儿，她生两男一女。住在距我家约三里处，她丈夫姓刘。所以她的孩子我们当作"外系"，因为他们不姓蒋。不过，我祖母对那些"外系"的晚辈和我们这些"内系"

的晚辈都一样宠爱。

我的叔祖和叔祖母有四男二女,住在北耳房。他们有多少孙辈,我不太清楚。

……

我们住的房子在稻田和水塘之间,我和堂兄弟们也就在这片空间中玩耍。玩耍时可以说没有玩具。新年时我们自己做毽子。有时我们用竹子做一根鱼竿去钓鱼。有时跟在牛群后面,听牛背上牧童们唱歌。有些牧童唱的歌至今我还记得。牧童们时常比赛唱歌。由一个牧童先开始,他唱完后,另一个牧童立刻接唱。他们比赛谁唱得多,唱得好。

周末和星期假日在古老的中国是没有的。虔诚的佛教徒是于阴历初一、十五在自己家里或到庙上祭拜,但却和平时一样也要工作。在中国,较大的节日都是关于人的节日。第一个节是新年,从正月初一直到十五。这是中国最大的节日。

正月初一,因为我们要祭天地,尽管除夕大家睡得很迟,但还是要起早。长辈们率领我们鱼贯走到小官道。我们向天祭拜,每人三叩首,同时燃放鞭炮。然后再到祖先堂去祭拜祖先。祭过祖先后,住在北耳房的人要给我叔祖和叔祖母拜年,同时我们住在南耳房的人也要给祖母拜年。接下来,我和兄弟们再给大伯父和大伯母拜年,最后再给二伯父和二伯母拜年。祖母、伯伯和伯母都要给我们年糕。第一次参加拜年的男孩子会比别人多得一个红包,表示长辈对他的喜爱。

南耳房拜完年后,我们都到北耳房去给叔祖父和叔祖母拜年,我们这一辈的也要给叔婶们拜年。北耳房的人们,同样也到南耳房给我祖母拜年。

在中国旧社会中，辈分和年龄是决定礼仪的基本条件。我要给父执辈拜年，同时也要给祖父辈的人拜年。在平辈人中，我要给比我年岁大的人拜年。以拜年论，不分贫富，不论社会地位，不论主仆都是如此的。我们雇用的长工，如果他是家父一辈的——往往是如此的——我们也要对他们说些恭维话。如果我对年长的雇用人有疾言厉色，家父和家母一定要责备。任何不敬老的事都被认为是不良行为。这种礼俗在拜年时要严格遵守。

正月初二，我们住在大房子的人要到水塘对面的房子去给叔祖父、叔祖母、叔婶们拜年。他们也要到我们家给祖母、叔祖父、叔祖母、叔婶们拜年。拜年时，要互送礼物，大多数都送年糕。

正月初三，我和兄弟们要给外公、外婆和表兄们拜年。大人们要到左邻右舍朋友们家中去拜年。

过新年，有鸡、鸭、鱼、肉和年糕，我们可以大快朵颐。

初五开始舞龙和耍狮。舞龙和耍狮的队伍多半由某一族人自己组成。傍晚，舞龙的队伍带着锣鼓出发，一群人跟在后面，每人打着纸灯笼。看起来非常好看。在我五岁以前，母亲不准我跟着去看。五岁以后，她晓得已经管不住我，只好把我交给一个年长的人照顾，才准我跟去看。舞龙的队伍要到邻家，特别是同族的邻家去舞。在舞龙时有些自命不凡粗通文字的人还要来几句散文诗，说几句过年的应景吉祥话。接着是拳击和摔跤表演。表演后群众安静下来，主人献茶，把年糕分给小孩子们吃。

正月初八，附近的庙宇白天要演戏，引来很多观众。开锣前，各种小贩麇集，卖吃食，卖玩具，样样都有。庙外常有耍猴子和耍白老鼠的。儿时，我对小贩和猴戏比庙内的戏要有兴趣得多。

正月十五，年过完了。人们都要重新开始工作，生活恢复正常。新年过去，人们都有一种怅然若失的感觉。

五月初五，也是一个节日。这个节只有一天。每家要在门上挂艾草，表示驱邪，并且要吃粽子。临河的城镇有龙船竞赛。或以行业，或以地区组队参加。

五月节过后是中秋节，日期是八月十五。人们都认为八月十五的月亮最圆最亮，中秋节只有一个晚上，大家吃月饼。

最后的节日是九月九。九月九在中国称重阳节，人们用登高来庆祝。如果无山可登，就登上一座较高的建筑物来意思意思。重阳节是庆祝丰收，因而要打牙祭。

除了上述的节日外，春天大家还要上坟祭奠祖先。我在过节时都会感到高兴，都会有好东西吃。除了玩和吃之外我不想其他的东西，因为我除此以外也不知道其他东西。

每逢过年节，长辈们对我们的管束就放松了。父母对我们更放任。如果我犯错父亲会告诫我："如果不是过年，我非打你不成。因为过年，今天饶了你。"平时，父母对我们管得很严。他们自己也自律甚严，以身作则，示意我们将来要好好过日子，好好做人。

登高

// 胡也频

张妈在厨房里用竹帚子洗锅，沙沙嚓嚓的响，也像是昨夜的雨还没止，水落上涟涟地流下的雨漏……

偏是这一天就下雨！初醒来，在睡后的惺忪中，听见这声音，我懊恼。其实，像一清早乍开起眼睛来，在床上，当真的，就发觉是雨天，这在平常，却是妙极的一件乐事。因为，落起雨，雨纵不大，南门兜的石板路全铺上烂泥，是无疑的，那末，我们便借这缘故，说是木屐走到烂泥上，会溜滑，会翻跟斗，就可以躲懒不上学了。倘是落大雨，那更好，假使我们就装作好孩子模样，想上学，大人也要阻止的。早晨下起雨来真有许多好处！像念书，作文，写大字，能够自自然然的免去，是一件；像和那肮脏的，寒酸气饱满而又威严的老秀才不生关系，这又是一件；但给我们顶快活的，却是在家里，大家——几个年纪相似的哥妹们聚在一块，玩掷红，斗点，或用骨牌来盖城墙，弹纸虾膜，以及做着别种饶有小孩子趣味的游戏：这之类，是顶有力的使我们盼望着早晨的雨。因此，几乎在每一天早晨，张开眼，我就先看窗外，又倾耳静听，考察那天空是否正密密杂杂的在落雨。雨，尤其是早晨的，可说是等于给我们快乐的一个天使。

但今天，因是九月初九，情形便异样了，怕落雨。在昨夜里听到了雨声，我就难睡，在担忧，着急，深怕一年中只有一次的登高，要给雨送掉了。所以，把张妈洗锅的声音，就疑为雨漏了。

证明是晴天，这自然得感谢金色的太阳！阳光照在窗外的枣树上，我看见，满树的枣子还映出红色，于是狂欢了：这真是非同小可的事！实在，像一年只有一天的登高，真须要晴天。要是落雨，你想想，纸糊的风筝还能够上天么？想到小孩子们不多有的快乐日子，天纵欲雨，是也应变晴吧。这一天真比不得中秋节！中秋节落起雨来，天阴阴的，这对于要赏月的大人们是扫兴极了，但小孩子却无损失，我们还可以在房子里，照样的吃我们所喜欢吃的烧鸡，喝我们的红色玫瑰酒……登高就不同了，若落雨，那只是和我们小孩子开玩笑，捣鬼，故意为难，充满宣战意味的，等于仇敌，使我们经过了若干日子以后还会怀恨着。

天既然是晴，不消说，我心头的忧虑就消灭了。

爬下床，两只手抓住不曾束紧腰带的裤头，匆匆地跑到房外找锵弟。他也像刚起床，站在天井边，糊涂的，总改不掉初醒后的那毛病，把鼻涕流到嘴唇上，用手背来往的擦，结果手背似乎净了些，满嘴却长出花胡髭了。

"妆一个丑角你倒好！"这是斌姊常常讥笑他。

"丑角，这是什么东西呢？"他反问。

第二章 故乡最是暖人心

"三花脸!"

因为三花脸是顶痞而且丑的,锵弟知道,于是就有点怕羞。关于他的这毛病,我本来也可以用哥的资格去责备他,但我也有自己的坏毛病在,只能把他这可笑的动作看作极平常的一件事,如同吃饭必须用筷子一样的。要是我也学斌姊那样的口吻去讥笑他,虽使他发臊,可是他马上就反攻,噘起嘴,眼睛一瞪,满着轻蔑地说:

"一夜湿一条裤子,不配来讲!"

想到尿床的丑,我脸红了。因此,这时看见他,为了经验,就把他很滑稽的满嘴花胡髭忽略去,只说我们的正经话。

"见鬼,我以为还在落雨……"我说。

他微笑,手从嘴唇上放下来,又把衣衫的边幅去擦手背。

"你知道昨夜里落雨么?"

"知道。"他回答,"可是我要它晴;若不晴,我必定骂他娘的……"

"你又说丑话了!"我只想;因为这时的目的是贯注在登高,放纸鸢,以及与这相关的事情上面。

无意的,我昂起头去,忽看见蓝色无云的天空中,高高低低,错落的,飘翔着大大小小的各样纸鸢:这真是一种重大的欢喜,我的心全动了。

"我们也放去!"我快乐地喊。

"好的!"他同意,"到露台上还是到城楼顶去?"

"你快瞧,"我却指着从隔屋初飞上去的一个花蝴蝶,"这个多好看!"

"那就是癞头子哥哥放的。"

回忆是一种重逢

　　这所谓的癫头子哥哥，他的年纪虽比我们都大，却是我顶看不起的一个人；其鄙薄的原因，也就是那个癫，痴得使人讨厌，把头发变得黄而且稀少，在夏天总引了许多的苍蝇盘旋那顶上。并且，他除了会哼"云淡风清近午天"的这句《千家诗》之外，别的他全不懂，这也是使我这个会作文的年轻人不生敬意的一个原因。但这时，看那只多好看的花蝴蝶纸鸢是他放的，心中却未免有了愤愤，还带点嫉妒。

　　"是癫头子放的，不对吧。"我否认。

　　"谁说不是？"锵弟说出证据了，"昨天在下南街我亲眼瞧他买来的，花一角钱。"

　　我默然！心中更不平了，就说：

　　"癫头子都有，我们反没得！"

　　"可不是？"

　　"我们和妈妈说去……"我就走；锵弟跟在我脚后，他又把衣衫的边幅去抹嘴上的花胡髭。

　　母亲正在梳头。

　　"妈妈！"我说，一面就拉她往外走。

　　"做什么？"她问，"这样急急忙忙的？"蓖梳子停了动作，一只手挽住披散的头发，转过脸来看我们。

　　"你瞧去，多好看的一个纸鸢——花蝴蝶！"

　　"这也值得大惊小怪？"

　　"那是癫头子哥哥放的。妈妈！他都有，他还只会哼《千家诗》……我们却只有两种纸平式的。"

第二章　故乡最是暖人心

母亲笑了。

她说:"忙什么？等一忽陈表伯转来，他会买来一个比谁都好看的纸鸢——"

"给我么？"

"是的。"

"那么，我呢？"锵弟问。

"给你们两个人——"

我看锵弟，他也快乐了。

"好，好，给我们两个人……"笑着，我们就走开了。在天井里，我又抬起头，看那满天飞扬的大大小小的各样纸鸢。

除了向天上那些东西鉴赏和羡慕，我就只想着陈表伯，望他快转来。这时，在又欢喜又焦急之中，对于陈表伯去买的那纸鸢便作了种种想象：我特别希望的是买了一只花蝴蝶，比癫头子哥哥的那只强，又大又好看。

许多的纸鸢都随风升高去，变小了，辨不出是什么样。新放的又陆陆续续地飞起：像这些，虽说是非常的婉约，飘逸，近乎神话的美，但于我却成了一种嘲弄。

"你怎么不来放呀？"也像每只的纸鸢当飞起时，都带着这意思给我。

我分外地焦急了——这也难怪，像尽在天井里瞧望着，可爱的陈表伯终不见来。

接着便吃早饭了。

饭后，为要制止心中的欲望，或惆怅，便把我所喜欢而这时又极不满意的那只双重纸平式纸鸢，从床底下拿出来，和锵弟两个人，聊以慰藉的，在天井里一来一往的放了一阵。放纸鸢，像这玩儿，若是顺着风，只要一收绳索，自然的，就会悠悠地升起，飞高了；假使是放了半天，还在一往一来的送，其失败，是容易想见那当事人的懊恼。

"索性扯了，不要它！"看人家的纸鸢飞在天空，而自己的却一次一次的落在地上，发出啪啪的响，我生恨。

"那也好。"锵弟也不惬意。

纸鸢便扯了。

然而心中却空荡了起来，同时又充满着一种想哭的情味：怀恨和一些难舍。

我举眼看锵弟，他默然，手无意识的缠着那纷乱的绳子。

想起种种不平的事，我就去找母亲，锵弟又跟在我脚后。

母亲已梳好头，洗完脸，牙也刷过了，这时正在扑粉，看样子，她已知道我们的来意，便说：

"陈表伯就会转来的。"

"早饭都吃过了，还不见！"

"登高也得吃过中饭的。"

"你瞧，人家的纸鸢全放了！……"

锵弟更鼓起嘴，显然带点哭样。

母亲就安慰："好好的玩一会吧，陈表伯就会转来的，妈不撒谎。"

我们又退了出来。

天空的纸鸢更多了。因此，对于陈表伯，本来是非常可爱的，这时却觉得他可气，也像是故意和我们为难，渐渐地便生起了愤恨。锵弟要

第二章　故乡最是暖人心

跑到后西厢房去，在桌上，或床头，把陈表伯的旱烟管拿出来打断，以泄心中的恶感，可是我阻止他。

"他是非常可恶的，"锵弟说，"以后我不和他讲话，他要亲我嘴，我就把他的花胡须扯下……"关于这，我便点头，表示一种切身的同意。

我们真焦急！

太阳慢慢地爬着，其实很快的，从东边的枣树上，经过庭中的紫薇，山茶，和别的花草，就平平地铺在天井的石板上，各种的影都成了直线；同时，从厨房里，便发出炸鱼和炒菜的等等声音，更使得我们心上发热，自然的，陈表伯由可爱而变为仇敌。

可是我们的愿望终于满足了。那是正摆上中饭时，一种听惯的沉重的脚步，急促地响于门外边：陈表伯转来了。这真值得欢喜！我看锵弟，他在笑。

黑色的，其中还错杂着许多白花纹，差不多是平头，扁嘴，尾巴有一丈来长，这纸鸢便随着陈表伯发现了。

"呵，潭得鱼！"锵弟叫。

"比癫头子哥哥的花蝴蝶好多了。"我快乐地想。

陈表伯把潭得鱼放到桌上，从臂弯里又拿出一大捆麻绳子。他一面笑说：

"这时候什么都卖完了，这个潭得鱼还是看他做成的，还跑过了好几家。"是乡下人的一种直率可亲的神气。

我们却不理他这话，只自己说：

"表伯伯，你和我们登高去……"

回忆是一种重逢

他答应了。

母亲却说："中饭全摆上了，吃完饭再去吧。"

在平常，一爬上桌子，我的眼睛便盯在炒肉，或比炒肉更好的那菜上面，因此大人们就号我做"菜大王"，这是代表我对于吃菜的能力；但这时，特别的反常了，不但未曾盯，简直是无意于菜，只心想着登高去，所以匆匆地扒了一碗饭，便下来了。于是我们开始去登高。

母亲嘱咐陈表伯要小心看管我们的几句话，便给我们四百钱，和锵弟两人分，这是专为去登高的缘故，用到间或要买什么东西。

照福州的习惯，在城中，到了九月初九这一天，凡是小孩子都要到乌石山去登高，其意义，除了特创一个游戏的日子给小孩子们，还有使小孩子分外高兴的一种传说：小孩子登高就会长高。从我们的家到乌石山，真是近，因为我们的家后门便是山脚，差不多就是挨着登山的石阶。开了后门，我们这三人，一个年过五十的老人和两个小孩子，拿着潭得鱼纸鸢，就出发了。这真是新鲜的事！因为，像这个山脚，平常是冷冷寂寂的，除了牧羊的孩子把羊放到山边去吃草，几乎就绝了行人，倘是有，那只是天君殿和玉皇阁的香火道士，以及为求医问卦或还愿的几个香客。这时却热闹异常了！陆陆续续的，登着石阶，是一群群的大人携着小孩子，和零星的到城里来观光的乡下绅士，财主，半大的诸娘仔[①]，三条簪大耳环的平脚农妇，以及卖甘蔗，卖梨子，卖登高（米果），卖玩意儿，许许多多的小贩子。这些人欢欢喜喜的往上去，络绎不绝，看情形，会使人只在半路上，就想到山上是挤满着人，和恐怕后来的人将

[①] 福州方言中对年轻女性或未婚女子的特定称谓。

第二章　故乡最是暖人心

无处容足，从石阶的开始到最高的一级，共一百二十层，那两旁的狗尾草，爬山藤，猫眼菊，日来睡，以及别种不知名的野花和野草，给这个那个的脚儿，踢着又踢着，至于凌乱，压倒，有的已糜烂。在石阶的两旁，距离很近的，就错错落落地坐着叫花子，和癞麻风——没有鼻子，烂嘴，烂眼，烂手脚，全身的关骨上满流着脓血，苍蝇包围那上面，嗡嗡地飞翔——这两种人，天然或装腔的，叫出单调的凄惨的声音，极端的现出哭脸，想游人哀怜，间或也得了一两个铜子，那多半是乡下妇人和香客的慈善。去登高的人，大约都要在山门口，顺便逛逛玉皇阁，天君殿，观音堂，或是吕祖宫；在这时，道士们便从许久沉默的脸上浮出笑意，殷殷勤勤地照顾客人，走来走去，毫不怠慢的引观客看各种神的故迹，并孜孜地解说那不易懂得的事物，最后便拿来一支笔，捧上一本缘簿请施主题缘。其中，那年青而资格浅薄的道士，便站在铁鼎边，香炉旁，细心的注意着来神前拜跪的香客，一离开神龛前，就吹熄他们所燃的蜡烛，把他们所点的香拔出来，倒插入灰烬中罨①灭了：这是一种着实的很大的利益，因为像这种的烛和香，经过了小小的修饰，就可以转卖给别的香客，是道士们最巧妙最便当的生财之道。……此外，这山上，还有许多想不尽的奇异的事物：如蝙蝠窝，迷魂洞，桃瓣李片的石形，七妹成仙处，长柄鬼和蜘蛛精野合的地方……凡这种种，属于魔魅的民间传说的古迹，太多了，只要游人耐得烦，可以寻觅那出处，自由去领略。登高，不少的人就借这机会，便宜的，去享受那不费钱而得的无限神秘之欢乐的各种权利。还有，在山上的平阳处——这个地方可以

---

① 音 yǎn。彻底消失、毁灭。

周览一切,是朱子祠,那儿就有许多雅致的人,类乎绅士或文豪吧,便摆着一桌一桌的酒席,大家围聚着,可是并不吃,只放浪和斯文的在谈笑,间或不负责的批评几句那乡下姑娘,这自然是大有东方式古风的所谓高尚的享乐了。

我们到了山上,满山全是人,纸鸢更热闹了,密密杂杂的,多得使人不知道看到那一个,并且眼就会花。在朱子祠东边的平冈上,我们便走入人堆,陈表伯也把潭得鱼纸鸢放上了;我和锵弟拍着手定睛的看它升高。这纸鸢是十六重纸的,高远了,牵制力要强,因此我只能在陈表伯放着的绳子上,略略的拉一拉,没有资格去自由收放,像两重纸平式那样的,这真是不曾料到的在高兴中的一点失望!于是我想到口袋中的那二百钱,这钱就分配如下:

甘蔗二十文,

梨子三十文,

登高(米果)五十文,

登高(米果)的小旗子另外十文,

竹蛇子二十文,

纸花球二十文,

剩下的五十文带回家,塞进扑满去。

但一眼看见那玩意儿——猴溜柱,我的计划便变动了,从余剩的数目中,又抽出了三十文。到了吃鱼丸两碗四十文的时候,把买甘蔗的款

第二章　故乡最是暖人心

项也挪用了。以后又看见那西洋镜,其中有许多红红绿绿的画片,如和尚讨亲以及黄天霸盗马之类,我想瞧,但所有的钱都用光了,只成为一种怅望的事。其实,假使向陈表伯去说明这个,万分之一他总不会拒绝的,他平常就慷慨,可是在那时却忘了这点,事过又无及了。

本来登高放纸鸢,只是小孩子的事,但实际上却有许多的大人们来沾光这好日子,并且反占了很大的势力,因为他们所放的纸鸢起码是十二重纸的,在空中,往往借自己纸鸢的强大就任去绞其他弱小的,要是两条线一接触,那小的纸鸢就挂在大的上面,断了的绳子就落到地面来,或挂在树枝上,因此,满山上,时时便哄起争闹的声音,或叫骂,至于相殴到头肿血流,使得群众受惊也不少。我便担忧着我们的这个潭得鱼。幸而陈表伯是放纸鸢的一个老手,每看看别人大的纸鸢前来要绞线,几乎要接触了,也不知怎的,只见陈表伯将手一摇,绳子一松,潭得鱼就飞到另一地方,脱离来迫害的那个,于是又安全了。他每次便笑着称赞自己。

"哼!想和我绞,可不行!"

我们也暗暗地叹服他放纸鸢的好本领。

……

到太阳渐渐地向山后落去,空间的光线淡薄了,大家才忙着收转绳子,于是那大大小小的各样纸鸢,就陆陆续续地落下来,只剩一群群的乌鸦在天上绕着余霞飞旋;做生意的便收拾起他们残余的东西,绅士和文豪之类的酒席也散了。接着,那些无业的闲汉们,穷透的,就极力用他们的眼光,满山满地去观察,想寻觅一点游人所遗忘或丢下的东西。

在一百二十层的石阶路上,又满了人,散戏那般的,络绎不绝地下山了;路两旁的叫花子和癞麻风,于是又加倍用劲的,哼出特别惨厉的"老爷呀,太太呀,大官呀……"等等习惯了的乞钱的腔调。

不久,天暮了。

回到家里,我和锵弟争着向母亲叙述登高的经过,并且把猴溜柱和登高(米果)的三角式五色小旗子,自己得意的飘扬了一番。

我们两个人议定了,便把那只潭得鱼纸鸢算为公有的收到床底下;这是预备第二天到城楼顶去放的。

可是当吃完夜饭时父亲从衙门里转来,在闲话中,忽然脸向我们说:

"登高过去了,把纸鸢烧掉吧,到明年中秋节时再来放……"

父亲的话是不容人异议的!

我惘然。把眼睛悄悄地看到母亲,希求帮助,但她却低头绣着小妹妹的红缎兜肚——于是失望了。

锵弟也惆怅地在缄默,似乎想:

"今天不登高倒好……"

我的梦，我的青春
——自传之二

郁达夫

不晓得是在哪一本俄国作家的作品里，曾经看到过一段写一个小村落的文字，他说："譬如有许多纸折起来的房子，摆在一段高的地方，被大风一吹，这些房子就歪歪斜斜地飞落到了谷里，紧挤在一道了。"前面有一条富春江绕着，东西北的三面尽是些小山包住的富阳县城，也的确可以借了这一段文字来形容。

虽则是一个行政中心的县城，可是人家不满三千，商店不过百数；一般居民，全不晓得做什么手工业，或其他新式的生产事业，所靠以度日的，有几家自然是祖遗的一点田产，有几家则专以小房子出租，在吃两元三元一月的租金；而大多数的百姓，却还是既无恒产，又无恒业，没有目的，没有计划，只同蟑螂似的在那里出生，死亡，繁殖下去。

这些蟑螂的密集之区，总不外乎两处地方；一处是三个铜子一碗的茶店，一处是六个铜子一碗的小酒馆。他们在那里从早晨坐起，一直可以坐到晚上上排门的时候；讨论柴米油盐的价格，传播东邻西舍的新闻，为了一点不相干的细事，譬如说罢，甲以为李德泰的煤油只卖三个铜子一提，乙以为是五个铜子两提的话，双方就会得争论起来；此外的人，也马上分成甲党或乙党提出证据，互相论辩；弄到后来，也许相打起来，打得头破血流，还不能够解决。

因此，在这么小的一个县城里，茶店酒馆，竟也有五六十家之多；于是大部分的蟑螂，就家里可以不备面盆手巾、桌椅板凳、饭锅碗筷等日常用具，而悠悠地生活过去了。离我们家里不远的大江边上，就有这样的两处蟑螂之窗。

在我们的左面，住有一家砍砍柴，卖卖菜，人家死人或娶亲，去帮帮忙跑跑腿的人家。他们的一族，男女老小的人数很多很多，而住的那一间屋，却只比牛栏马槽大了一点。他们家里的顶小的一位苗裔年纪比我大一岁，名字叫阿千，冬天穿的是同伞似的一堆破絮，夏天，大半身是光光地裸着的；因而皮肤黝黑，臂膀粗大，脸上也像是生落地之后，只洗了一次的样子。他虽只比我大了一岁，但是跟了他们屋里的大人，茶店酒馆日日去上，婚丧的人家，也老在进出；打起架吵起嘴来，尤其勇猛。我每天见他从我们的门口走过，心里老在羡慕，以为他又上茶店酒馆去了，我要到什么时候，才可以同他一样的和大人去夹在一道呢！而他的出去和回来，不管是在清早或深夜，我总没有一次不注意到的，因为他的喉音很大，有时候一边走着，一边在绝叫着和大人谈天，若只他一个人的时候哩，总在噜苏地唱戏。

当一天的工作完了，他跟了他们家里的大人，一道上酒店去的时候，

第二章　故乡最是暖人心

看见我欣羡地立在门口,他原也曾邀约过我;但一则怕母亲要骂,二则胆子终于太小,经不起那些大人的盘问笑说,我总是微笑着摇摇头,就跑进屋里去躲开了,为的是上茶酒店去的诱惑性,实在强不过。

有一天春天的早晨,母亲上父亲的坟头去扫墓去了,祖母也一侵早①上了一座远在三四里路外的庙里去念佛。翠花在灶下收拾早餐的碗筷,我只一个人立在门口,看有淡云浮着的青天。忽而阿千唱着戏,背着钩刀和小扁担绳索之类,从他的家里出来,看了我的那种没精打采的神气,他就立了下来和我谈天,并且说:

"鹳②山后面的盘龙山上,映山红开得多着哩;并且还有乌米饭(是一种小黑果子),彤管子(也是一种刺果),刺莓等等,你跟了我来罢,我可以采一大堆给你。你们奶奶,不也在北面山脚下的真觉寺里念佛么?等我砍好了柴,我就可以送你上寺里去吃饭去。"

阿千本来是我所崇拜的英雄,而这一回又只有他一个人去砍柴,天气那么的好,今天侵早祖母出去念佛的时候,我本是嚷着要同去的,但她因为怕我走不动,就把我留下了。现在一听到了这一个提议,自然是心里急跳了起来,两只脚便也很轻松地跟他出发了,并且还只怕翠花要出来阻挠,跑路跑得比平时只有得快些。出了弄堂,向东沿着江,一口气跑出了县城之后,天地宽广起来了,我的对于这一次冒险的惊惧之心就马上被大自然的威力所压倒。这样问问,那样谈谈,阿千真像是一部小小的自然界的百科大辞典,而到盘龙山脚去的一段野路,便成了我最

---

① 拂晓的意思。
② 音 guàn。

初学自然科学的模范小课本。

麦已经长得有好几尺高了，麦田里的桑树，也都发出了绒样的叶芽。晴天里"舒叔叔"的一声飞鸣过去的，是老鹰在觅食；树枝头吱吱喳喳，似在打架又像是在谈天的，大半是麻雀之类；远处的竹林丛里，既有抑扬，又带余韵，在那里歌唱的，才是深山的画眉。

上山的路旁，一拳一拳像小孩子的拳头似的小草，长得很多；拳的左右上下，满长着了些绛黄的绒毛，仿佛是野生的虫类，我起初看了，只在害怕，走路的时候，若遇到一丛，总要绕一个弯，让开它们，但阿千却笑起来了，他说：

"这是薇蕨，摘了去，把下面的粗干切了，炒起来吃，味道是很好的哩！"

渐走渐高了，山上的青红杂色，迷乱了我的眼目。日光直射在山坡上，从草木泥土里蒸发出来的一种气息，使我呼吸感到了困难；阿千也走得热起来了，把他的一件破夹袄一脱，丢向了地下。教我在一块大石上坐下憩着，他一个人穿了一件小衫唱着戏去砍柴采野果去了；我回身立在石上，向大江一看，又深深地深深地得到了一种新的惊异。

这世界真大呀！那宽广的水面！那澄碧的天空！那些上下的船只，究竟是从哪里来，上哪里去的呢？

我一个人立在半山的大石上，近看看有一层阳炎在颤动着的绿野桑田，远看看天和水以及淡淡的青山，渐听得阿千的唱戏声音幽下去远下去了，心里就莫名其妙地起了一种渴望与愁思。我要到什么时候才能大起来呢？我要到什么时候才可以到这像在天边似的远处去呢？到了天边，那么我的家呢？我的家里的人呢？同时感到了对远处的遥念与对乡井的离愁，眼角里便自然而然地涌出了热泪。到后来，脑子也昏乱了，眼睛也模糊了，我只呆呆地立在那块大石上的太阳里做幻梦。我梦见有一只揩擦得很洁净的船，船上面张着了一面很大很饱满的白帆，我和祖母母亲翠花阿千等都在船上，吃的东西，唱着戏，顺流下去，到了一处不相识的地方。我又梦见城里的茶店酒馆，都搬上山来了，我和阿千便在这山上的酒馆里大喝大嚷，旁边的许多大人，都在那里惊奇仰视。

这一种接连不断的白日之梦，不知做了多少时候，阿千却背了一捆小小的草柴，和一包刺莓映山红乌米饭之类的野果，回到我立在那里的大石边来了；他脱下了小衫，光着了脊肋，那些野果就系包在他的小衫里面的。

他提议说，时候不早了，他还要砍一捆柴，且让我们吃着野果，先从山腰走向后山去罢，因为前山的草柴，已经被人砍完，第二捆不容易采刮拢来了。

慢慢地走到了山后，山下的那个真觉寺的钟鼓声音，早就从春空里传送到了我们的耳边，并且一条青烟，也刚从寺后的厨房里透出了屋顶。向寺里看了一眼，阿千就放下了那捆柴，对我说："他们在烧中饭了，大约离吃饭的时候也不很远，我还是先送你到寺里去罢！"

我们到了寺里，祖母和许多同伴者的念佛婆婆，都张大了眼睛，惊异了起来。阿千走后，她们就开始问我这一次冒险的经过，我也感到了一种得意，将如何出城，如何和阿千上山采集野果的情形，说得格外的详细。后来坐上桌去吃饭的时候，有一位老婆婆问我："你大了，打算去做些什么？"我就毫不迟疑地回答她说："我愿意去砍柴！"

　　故乡的茶店酒馆，到现在还在风行热闹，而这一位茶店酒馆里的小英雄，初次带我上山去冒险的阿千，却在一年涨大水的时候，喝醉了酒，淹死了。他们的家族，也一个个地死的死，散的散，现在没有生存者了；他们的那一座牛栏似的房屋，已经换过了两三个主人。时间是不饶人的，盛衰起灭也绝对地无常的：阿千之死，同时也带去了我的梦，我的青春！

异国秋思

庐隐

　　自从我们搬到郊外以来，天气渐渐清凉了。那短篱边牵延着的毛豆叶子，已露出枯黄的颜色来，白色的小野菊，一丛丛由草堆里钻出头来，还有小朵的黄花在凉劲的秋风中抖颤。这一些景象，最容易勾起人们的秋思，况且身在异国呢！低声吟着"帘卷西风，人比黄花瘦"之句，这个小小的灵宫，是弥漫了怅惘的情绪。

　　书房里格外显得清寂，那窗外蔚蓝如碧海似的青天，和淡金色的阳光，还有挟着桂花香的阵风，都含了极强烈的，挑拨人类心弦的力量，在这种刺激之下，我们不能继续那死板的读书工作了。在那一天午饭后，波便提议到附近吉祥寺去看秋景，三点多钟我们乘了市外电车前去，——这路程太近了，我们的身体刚刚坐稳便到了。走出长甬道的车站，绕过火车轨道，就看见一座高耸的木牌坊，在横额上有几个汉字写着"井之头恩赐公园"。我们走进牌坊，便见马路两旁树木葱茏，绿荫匝地，一种幽妙的意趣，萦缭脑际，我们怔怔地站在树影下，好像身入深山古林了。在那枝柯掩映中，一道金黄色的柔光正荡漾着。使我想象到一个披着金绿柔发的仙女，正赤着足，踏着白云，从这里经过的情景。再向西方看，一抹彩霞，正横在那叠翠的峰峦上，如黑点的飞鸦，穿林翩翩，我一缕的愁心真不知如何安派，我要吩咐征鸿把它带回故国吧！无奈它是那样不着迹地去了。

我们徘徊在这浓绿深翠的帷幔下，竟忘记前进了。一个身穿和服的中年男人，脚上穿着木屐，提塔提塔的来了。他向我们打量着，我们为避免他的觑视，只好加快脚步走向前去。经过这一带森林，前面有一条鹅卵石堆成的斜坡路，两旁种着整齐的冬青树，只有肩膀高，一阵阵的青草香，从微风里荡过来，我们慢步地走着，陡觉神气清爽，一尘不染。下了斜坡，面前立着一所小巧的东洋式茶馆，里面设了几张小矮几和坐褥，两旁列着柜台，红的蜜橘，青的苹果，五色的杂糖，错杂地罗列着。

"呀！好眼熟的地方！"我不禁失声地喊了出来。于是潜藏在心底的印象，陡然一幕幕地重映出来，唉！我的心有些抖颤了，我是被一种感怀已往的情绪所激动，我的双眼怔住，胸膈间充塞着悲凉，心弦凄紧地搏动着。自然是回忆到那些曾被流年蹂躏过的往事：

"唉！往事，只是不堪回首的往事呢！"我悄悄地独自叹息着。但是我目前仍然有一副逼真的图画再现出来⋯⋯

一群骄傲于幸福的少女们，她们孕育着玫瑰色的希望，当她们将由学校毕业的那一年，曾随了她们德高望重的教师，带着欢乐的心情，渡过日本海来访蓬莱的名胜。在她们登岸的时候，正是暮春三月樱花乱飞的天气。那些缀锦点翠的花树，都是使她们乐游忘倦。她们从天色才黎

第二章 故乡最是暖人心

明,便由东京的旅舍出发;先到上野公园看过樱花的残妆后,又换车到井之头公园来。这时疲倦袭击着她们,非立刻找个地点休息不可。最后她们发现了这个位置清幽的茶馆,便立刻决定进去吃些东西。大家团团围着矮凳坐下,点了两壶龙井茶,和一些奇甜的东洋点心,她们吃着喝着,高声谈笑着,她们真像是才出谷的雏莺;只觉眼前的东西,件件新鲜,处处都富有生趣。当然她们是被搂在幸福之神的怀抱里了。青春的爱娇,活泼快乐的心情,她们是多么可艳羡的人生呢!

但是流年把一切都毁坏了!谁能相信今天在这里低回追怀往事的我,也正是当年幸福者之一呢!哦!流年,残刻的流年呵!它带走了人间的爱娇,它蹂躏英雄的壮志,使我站在这似曾相识的树下,只有咽泪,我有什么方法,使年光倒流呢!

唉!这仅仅是九年后的今天。呀,这短短的九年中,我走的是崎岖的世路,我攀缘过陡削的崖壁,我由死的绝谷里逃命,使我尝着忍受由心头淌血的痛苦,命运要我喝干自己的血汁,如同喝玫瑰酒一般……

唉!这一切的刺心回忆,我忍不住流下辛酸的泪滴,连忙离开这容易激动感情的地方吧!我们便向前面野草漫径的小路上走去,忽然听见一阵悲恻的唏嘘声,我仿佛看见张着灰色翅翼的秋神,正躲在那厚密的枝叶背后。立时那些枝叶都悉悉索索地颤抖起来。草底下的秋虫,发出连续的唧唧声,我的心感到一阵阵的凄冷;不敢向前去,找到路旁一张长木凳坐下。我用滞呆的眼光,向那一片阴阴森森的丛林里睁视,当微风分开枝柯时,我望见那小河里潺湲碧水了。水上皱起一层波纹,一只小划子,从波纹上溜过。两个少女摇着桨,低声唱着歌儿。我看到这里,又无端感触起来，觉得喉头梗塞，不知不觉叹道："故国不堪回首呵！"同时那北海的红漪清波浮现眼前，那些手携情侣的男男女女，恐怕也正摇着画桨，指点着眼前清丽秋景，低语款款吧！况且又是菊茂蟹肥时候，料想长安市上，车水马龙，正不少欢乐的宴聚，这漂泊异国，秋思凄凉的我们当然是无人想起的。不过，我们却深深地眷怀着祖国，渴望得些好消息呢！况且我们又是神经过敏的，揣想到树叶凋落的北平，凄风吹着，冷雨洒着的这些穷苦的同胞，也许正向茫茫的苍天悲诉呢！唉，破碎紊乱的祖国呵！北海的风光不能粉饰你的寒碜！今雨轩的灯红酒绿，不能安慰忧患的人生，深深眷念祖国的我们，这一颗因热望而颤抖的心，最后是被秋风吹冷了。

想北平

// 老舍

设若让我写一本小说,以北平作背景,我不至于害怕,因为我可以捡着我知道的写,而躲开我所不知道的。让我单摆浮搁的讲一套北平,我没办法。北平的地方那么大,事情那么多,我知道的真觉太少了,虽然我生在那里,一直到廿七岁才离开。以名胜说,我没到过陶然亭,这多可笑!以此类推,我所知道的那点只是"我的北平",而我的北平大概等于牛的一毛。

可是,我真爱北平。这个爱几乎是要说而说不出的。我爱我的母亲。怎样爱?我说不出。在我想作一件事讨她老人家喜欢的时候,我独自微微的笑着;在我想到她的健康而不放心的时候,我欲落泪。言语是不够表现我的心情的,只有独自微笑或落泪才足以把内心揭露在外面一些来。我之爱北平也近乎这个。夸奖这个古城的某一点是容易的,可是那就把北平看得太小了。我所爱的北平不是枝枝节节的一些什么,而是整个儿与我的心灵相黏合的一段历史,一大块地方,多少风景名胜,从雨后什刹海的蜻蜓一直到我梦里的玉泉山的塔影,都积凑到一块,每一小的事件中有个我，我的每一思念中有个北平，这只有说不出而已。

真愿成为诗人，把一切好听好看的字都浸在自己的心血里，像杜鹃似的啼出北平的俊伟。啊！我不是诗人！我将永远道不出我的爱，一种像由音乐与图画所引起的爱。这不但是辜负了北平，也对不住我自己，因为我的最初的知识与印象都得自北平，它是在我的血里，我的性格与脾气里有许多地方是这古城所赐给的。我不能爱上海与天津，因为我心中有个北平。可是我说不出来！

伦敦，巴黎，罗马与堪司坦丁堡[①]，曾被称为欧洲的四大"历史的都城"。我知道一些伦敦的情形；巴黎与罗马只是到过而已；堪司坦丁堡根本没有去过。就伦敦，巴黎，罗马来说，巴黎更近似北平——虽然"近似"两字要拉扯得很远——不过，假使让我"家住巴黎"，我一定会和没有家一样的感到寂苦。巴黎，据我看，还太热闹。自然，那里也有空旷静寂的地方，可是又未免太旷；不像北平那样既复杂而又有个边际，使我能摸着——那长着红酸枣的老城墙！面向着积水潭，背后是城墙，坐在石上看水中的小蝌蚪或苇叶上的嫩蜻蜓，我可以快乐地坐一天，心中完全安适，无所求也无可怕，像小儿安睡在摇篮里。是的，北平也有热闹的地方，但是它和太极拳相似，动中有静。巴黎有许多地方使人疲乏，所以咖啡与酒是必要的，以便刺激；在北平，有温和的香片茶就够了。

论说巴黎的布置已比伦敦罗马匀调的多了，可是比上北平还差点事儿。北平在人为之中显出自然，几乎是什么地方既不挤得慌，又不太僻静：最小

[①] 一般指伊斯坦布尔（土耳其最大城市），原名君士坦丁堡，是土耳其经济、文化、交通中心，世界著名的旅游胜地，繁华的国际大都市之一。

的胡同里的房子也有院子与树；最空旷的地方也离买卖街与住宅区不远。这种分配法可以算——在我的经验中——天下第一了。北平的好处不在处处设备得完全，而在它处处有空儿，可以使人自由的喘气；不在有好些美丽的建筑，而在建筑的四围都有空闲的地方，使它们成为美景。每一个城楼，每一个牌楼，都可以从老远就看见。况且在街上还可以看见北山与西山呢！

好学的，爱古物的，人们自然喜欢北平，因为这里书多古物多。我不好学，也没钱买古物。对于物质上，我却喜爱北平的花多菜多果子多。花草是种费钱的玩意儿，可是此地的"草花儿"很便宜，而且家家有院子，可以花不多的钱而种一院子花，即使算不了什么，可是到底可爱呀。墙上的牵牛，墙根的靠山竹与草茉莉，是多么省钱省事而也足以招来蝴蝶呀！至于青菜，白菜，扁豆，毛豆角，黄瓜，菠菜等等，大多数是直接由城外担来而送到家门口的。雨后，韭菜叶上还往往带着雨时溅起的泥点。青菜摊子上的红红绿绿几乎有诗似的美丽。果子有不少是由西山与北山来的，西山的沙果，海棠，北山的黑枣，柿子，进了城还带着一层白霜儿呀！哼，美国的橘子包着纸；遇到北平的带霜儿的玉李，还不愧杀！

是的，北平是个都城，而能有好多自己产生的花，菜，水果，这就使人更接近了自然。从它里面说，它没有像伦敦的那些成天冒烟的工厂；从外面说，它紧连着园林，菜圃与农村。采菊东篱下，在这里，确是可以悠然见南山的；大概把"南"字变个"西"或"北"，也没有多少了不得的吧。像我这样的一个贫寒的人，或者只有在北平能享受一点清福了。

好，不再说了吧；要落泪了，真想念北平呀！

1936年6月

几回回梦里回延安
——《我的遥远的清平湾》代后记

//

史铁生

从小我就熟读了贺敬之的一句诗:"几回回梦里回延安,双手搂定宝塔山。"谁想到,我现在要想回延安,真是只有靠做梦了。不过,我没有在梦中搂定过宝塔山,"清平湾"属延安地区,但离延安城还有一百多里地。我总是梦见那开阔的天空,黄褐色的高原,血红色的落日里飘着悠长的吆牛声。有一个梦,我做了好几次:和我一起拦牛的老汉变成了一头牛……我知道,假如我的腿没有瘫痪,我也不会永远留在"清平湾";假如我的腿现在好了,我也不会永远回到"清平湾"去。我不知道怎样才能把这个矛盾解释得圆满。说是写作者惯有的虚伪吧?但我想念那儿,是真的。而且我发现,很多曾经插过队的人,也都是真心地想念他们的"清平湾"。

有位读者问我,为什么我十年之后才想起写那段生活?而且至今记得那么清楚,是不是当时就记录下了许多素材,预备日后写小说?不是。

第二章 故乡最是暖人心

其实，我当时去过一次北京动物园，想跟饲养野牛的人说说，能不能想个办法来改良我们村里耕牛的品种。我的胆量到此为止，我那时没想过要当作者。我们那时的插队，和后来的插队还不一样；后来的插队都更像是去体验生活，而我们那时真是感到要在农村安排一生的日子了——起码开始的两年是这样。现在想来，这倒使后来的写作得益匪浅。我相信，体验生活和生活体验是两回事。抱着写一篇什么的目的去搜集材料，和于生活中有了许多感想而要写点什么，两者的效果常常相距很远。从心中流出来的东西可能更好些。

因病回京后，我才第一次做了写小说的梦。插过队的人想写作，大概最先都是想写插队，我也没有等到十年后。我试了好几次，想写一个插队的故事。那时对写小说的理解就是这样：写一个悬念迭起、感人泪下的故事。我编排了很久，设计了正面人物、反面人物，安排了诸葛亮式的人物、张飞式的人物。结果均归失败。插过队的人看了，怀疑我是否插过队；没插过队的人看了，只是从我应该有点事做这一方面来鼓励我，却丝毫不被我的"作品"所感动。费了九牛二虎之力，得此效果，感觉跟上吊差不多。幸亏我会找辙，我认为我虽有插队生活，但不走运——我的插队生活偏偏不是那种适合于写作的插队生活。世界上的生活似乎分两种，一种是只能够过一过的生活，另一种才能写。写成小说的希望一时渺茫。可是，那些艰苦而欢乐的插队生活却总是萦绕在我心中，和没有插过队的朋友说一说，觉得骄傲、兴奋；和插过队的朋友一起回忆回忆，感到亲切、快慰。我发现，倒是每每说起那些散碎的往事，所有人都听得入神、感动；说的人不愿意闭嘴，听的人不愿意离去。说

回忆是一种重逢

到最后，大家都默然，分明都在沉思，虽然并不见得能得出多么高明的结论。每当这时，我就觉得眼前有一幅雄浑的画面在动，心中有一支哀壮的旋律在流。再看自己那些曲折奇异的编排，都近于嚼舌了。这种情况重复了也许有上百次，就过了十年。我才想到，十年磨灭不了的记忆，如果写下来，读者或许也不会很快淡忘。十年磨灭不了的记忆，我想其中总会有些值得和读者一块来品味、来深思的东西。于是我开始写，随想随写，仿佛又见到了黄土高原，又见到了"清平湾"的乡亲，见到了我的老黑牛和红犍牛……只是不知道最终写出来能不能算小说。当然，我也不是完全盲目。通过琢磨一些名家的作品（譬如：海明威的、汪曾祺的），慢慢相信，多数人的历史都是由散碎、平淡的生活组成，硬要编派成个万转千回、玲珑剔透的故事，只会与多数人疏远；解解闷儿可以，谁又会由之联想到自己平淡无奇的经历呢？谁又会总乐得为他人的巧事而劳神呢？艺术的美感在于联想，如能使读者联想起自己的生活，并以此去补充作品，倒使作者占了便宜。这些说道一点不新，只是我用了好些年才悟到。

我没有反对写故事的意思，因为生活中也有曲折奇异的故事。正像没有理由反对其他各种流派一样，因为生活中有各种各样的事和各种各样的逻辑。艺术观点之多，是与生活现象之多成正比的。否则倒不符合历史唯物主义了。我只敢反对一种观点，即把生活分为"适于写的"和"不适于写的"两种观点。我的这个胆量实在也是逼出来的。因为我的残腿取消了我到各处去体验生活的权利，所以我宁愿相信，对于写作来说，生活是平等的。只是我写作的面无疑要很窄，作品的数量肯定会不多，但如果我不能把所写的写得深刻些，那只能怪罪我的能力，不能怪罪生活的偏心。所有的生活都有深刻的含意。我给自己的写作留下这一条生路，能力的大小又已注定，非我后悔所能改善的，只剩了努力是我的事。

有位读者问我，一旦我的生活枯竭了怎么办？或者以前积累的素材写完了怎么办？我这样想：我过去生活着，我能积累起素材，我现在也生活着，我为什么不能再积累起素材呢？生活着，生活何以会枯竭呢？死了，生活才会枯竭，可那时又不必再写什么了。虽然如此，我却也时时担心。文思枯竭了的作者并非没有过，上帝又不单单偏爱谁。但我倾向于认为，文思枯竭的人往往不是因其生活面窄，而是因为思想跟不上时代，因为抱着些陈规陋习、懒散和遇见新事而看不惯。我就经常以此自警。不断地学习是最重要的。否则，即便有广阔的生活面也未必能使自己的思想不落伍。勤于学习和思考，却能使人觉到身边就有永远写不完的东西。我当然希望自己也有广阔一点的生活面。视野的开阔无疑于写作更有利，能起到类似"兼听则明"的作用。我知道我的局限。我想用尽量地多接触人来弥补。我寄希望于努力。不知我借以建立信心的基础有什么错误没有。退一步说，不幸真活到思想痴呆的一天，也还可以去干别的，天无绝人之路，何况并非只有写小说才算得最好。

还有的读者在来信中谈到"清平湾"的音乐性。我不敢就这个话题多说。假如"清平湾"真有点音乐性，也纯粹是蒙的。我的音乐修养极差，差到对着简谱也唱不出个调儿来。但如果歌词写得好，我唱不出来，就念，念着念着也能感动。但那歌词绝不能是"朋友们，让我们热爱生

回忆是一种重逢

活吧"一类，得是"哥哥你走西口，小妹妹也难留，手拉着哥哥的手，送哥到大门口"一类。前一种歌，我听了反而常常沮丧，心想：热爱生活真是困难到这一步田地了么？不时常号召一下就再不能使人热爱生活了么？不。所以我不爱听。而听后一种歌，我总是来不及做什么逻辑推理，就立刻被那深厚的感情所打动，觉得人间真是美好，苦难归苦难，深情既在，人类就有力量在这个星球上耕耘。所以，我在写"清平湾"的时候，耳边总是飘着那些质朴、真情的陕北民歌，笔下每有与这种旋律不和谐的句子出现，立刻身上就别扭，非删去不能再往下写。我真是喜欢陕北民歌。她不指望教导你一顿，她只是诉说；她从不站在你头顶上，她总是和你面对面、手拉手。她只希望唤起你对感情的珍重，对家乡的依恋。刚去陕北插队的时候，我实在不知道应该接受些什么再教育，离开那儿的时候我明白了，乡亲们就是以那些平凡的语言、劳动、身世，教会了我如何跟命运抗争。现在，一提起中国二字（或祖国二字），我绝想不起北京饭店，而是马上想起黄土高原。在这宇宙中有一颗星球，这星球上有一片黄色的土地，这土地上有一支人群：老汉、婆姨、后生、女子，拉着手，走，犁尖就像唱针在高原上滑动，响着质朴真情的歌。

我不觉得一说苦难就是悲观。胆小的人走夜路，一般都喜欢唱高调。我也不觉得编派几件走运的故事就是乐观。生活中没有那么多走运的事，企望以走运来维持乐观，终归会靠不住。不如用背运来锤炼自己的信心。我总记得一个冬天的夜晚，下着雪，几个外乡来的吹手坐在窑前的篝火旁，窑门上贴着双喜字，他们穿着开花的棉袄，随意地吹响着唢呐，也凄婉，也欢乐，祝福着窑里的一对新人，似乎是在告诉那对新人，世上

第二章 故乡最是暖人心

有苦也有乐,有苦也要往前走,有乐就尽情地乐……雪花飞舞,火光跳跃,自打人类保留了火种,寒冷就不再可怕。我总记得,那是生命的礼赞,那是生活。

我自己遗憾怎么也不能把"清平湾"写得恰如其分。换个人写,肯定能写得好。我的能力不行。我努力。

1983 年 7 月

第三章

家是永远的港湾

我的理想家庭

//

老舍

　　一个二十多岁的小伙子，讲恋爱，讲革命，讲志愿，似乎天地之间，唯我独尊，简直想不到组织家庭——结婚既是爱的坟墓，家庭根本上是英雄好汉的累赘。及至过了三十，革命成功与否，事情好歹不论，反正领略够了人情世故，壮气就差点事儿了。虽然明知家庭之累，等于投胎为马为牛，可是人生总不过如此，多少也都得经验一番，既不坚持独身，结婚倒也还容易。于是发帖子请客，笑着开驶倒车，苦乐容或相抵，反正至少凑个热闹。到了四十，儿女已有二三，贫也好富也好，自己认头苦曳，对于年轻的朋友已经有好些个事儿说不到一处，而劝告他们老老实实的结婚，好早生儿养女，即是话不投缘的一例。到了这个年纪，设若还有理想，必是理想的家庭。倒退二十年，连这么一想也觉泄气。人生的矛盾可笑即在于此，年轻力壮，力求事事出轨，决不甘为火车；及至中年，心理的，生理的，种种理的什么什么，都使他不但非作火车不可，且作货车焉。把当初与现在一比较，判若两人，足够自己笑半天

第三章 家是永远的港湾

的！或有例外，实不多见。

明年我就四十了，已具说理想家庭的资格：大不必吹，盖亦自嘲。

我的理想家庭要有七间小平房：一间是客厅，古玩字画全非必要，只要几张很舒服宽松的椅子，一二小桌。一间书房，书籍不少，不管什么头版与古本，而都是我所爱读的。一张书桌，桌面是中国漆的，放上热茶杯不至烫成个圆白印儿。文具不讲究，可是都很好用。桌上老有一两枝鲜花，插在小瓶里。两间卧室，我独据一间，没有臭虫，而有一张极大极软的床。在这个床上，横睡直睡都可以，不论怎睡都一躺下就舒服合适，好像陷在棉花堆里，一点也不硬碰骨头。还有一间，是预备给客人住的。此外是一间厨房，一个厕所，没有下房，因为根本不预备用仆人。家中不要电话，不要播音机，不要留声机，不要麻将牌，不要风扇，不要保险柜。缺乏的东西本来很多，不过这几项是故意不要的，有人白送给我也不要。

院子必须很大。靠墙有几株小果木树。除了一块长方的土地，平坦无草，足够打开太极拳的，其他的地方就都种着花草——没有一种珍贵费事的，只求昌茂多花。屋中至少有一只花猫，院中至少也有一两盆金鱼；小树上悬着小笼，二三绿蝈蝈随意地鸣着。

这就该说到人了。屋子不多，又不要仆人，人口自然不能很多：一妻和一儿一女就正合适。先生管擦地板与玻璃，打扫院子，收拾花木，给鱼换水，给蝈蝈一两块绿黄瓜或几个毛豆；并管上街送信买书等事宜。太太管做饭，女儿任助手——顶好是十二三岁，不准小也不准大，老是十二三岁。儿子顶好是三岁，既会讲话，又胖胖的会淘气。母女于做饭之外，就做点针线，看小弟弟。大件衣服拿到外边去洗，小件的随时自己涮一涮。

既然有这么多工作，自然就没有多少工夫去听戏看电影。不过在过生日的时候，全家就出去玩半天；接一位亲或友的老太太给看家。过生日什么的永远不请客受礼，亲友家送来的红白帖子，就一概扔在字纸篓里，除非那真需要帮助的，才送一些干礼去。到过节过年的时候，吃食从丰，而且可以买一通纸牌，大家打打"索儿胡"，赌铁蚕豆或花生米。

男的没有固定的职业；只是每天写点诗或小说，每千字卖上四五十元钱。女的也没事做，除了家务就读些书。儿女永不上学，由父母教给画图，唱歌，跳舞——乱蹦也算一种舞法——和文字，手工之类。等到他们长大，或者也会仗着绘画或写文章卖一点钱吃饭；不过这是后话，顶好暂且不提。

这一家子人，因为吃得简单干净，而一天到晚又不闲着，所以身体都很不坏。因为身体好，所以没有肝火，大家都不爱闹脾气。除了为小猫上房，金鱼甩子等事着急之外，谁也不急叱白脸的。

大家的相貌也都很体面，不令人望而生厌。衣服可并不讲究，都做得很结实朴素：永远不穿又臭又硬的皮鞋。男的很体面，可不露电影明星气；女的很健美，可不红唇卷毛的鼻子朝着天。孩子们都不卷着舌头说话，淘气而不讨厌。

这个家庭顶好是在北平，其次是成都或青岛，至坏也得在苏州。无论怎样吧，反正必须在中国，因为中国是顶文明顶平安的国家；理想的家庭必在理想的国内也。

1936 年 11 月

取 名

// 丰子恺

孩子们的名字，叫惯了似乎是各人出世时就写好在额骨上的，其实都是他们的外公所取定。且据我回想，外公的取名都有深长的用心。想起之后不免记录一些。

阿大是半夜里出世的，很肥胖，哭声甚大，但是女。她的外婆和娘舅都预先来我家等他出世，虽然只等着一个外甥女，但头生，不论男女总是大家欢喜的。次日娘舅回城，我就托他代请外公给阿大取一个名字。过几天收到外公的回信，信内附一张红纸，红纸上面横写着"长命富贵"四个小字，下面直写着"丰陈宝"三个大字。信内说，知道她是夜里出世的，哭声甚大，故引用古典，给她取名"陈宝"。

我不知道古典，检查《辞源》，果然找到了"陈宝"一项，下面写着："神名，秦文公获若石于陈仓北阪城。祠之。其神来。常于夜。……其声殷殷。以一牢祠之名曰陈宝。见《史记》。"

我一向不懂取名的方法，《康熙字典》里有数万个字，无头无脑，教从何处取起？我叹佩外公的博闻，这真可谓巧立名目。可惜我们的陈宝现在虽已十四岁而在小学毕业了，但只是一个寻常的少女，并不像神，将来不致变为神女。这也可谓名不副实了。

阿二出世时我在东京，没有看她堕地。家人写信告诉我说，这回又是女，她的祖母和外婆略微有些失望。外公已给她取名叫做"麟先"。这回不必翻《辞源》，我也知道外公的用心了："麟之趾，振振公子。"麟是男儿，先是先行，麟先就是男儿的先行。外公的意思，这女儿是将来的男儿的先锋。换言之，我们的阿二非为自己做人而投生，只是为男的阿三报信而来的。总言之，将来的阿三定要他是男。

但麟先也是名不副实的，他不能尽先锋之职，终于引出了一个女的阿三来。这会失望的不但祖母和外婆，外公一定更甚。但祖母用心尤深：阿三临盆的一天，她袋里预先藏着一只洋钉和两粒黄豆。听见阿三的呱呱声之后，没有稳婆的"恭喜"声，便把洋钉和两粒黄豆投在胞瓶里，这叫做"演样"。这样一来，将来的阿四身上一定带了一只洋钉和两粒黄豆的东西而出世。故失望之余，大家还是放心。不过对于这滥竽的阿三大家很冷淡，没有人提出给她取名字的话。外公也不寄红纸来。起初大家叫她"小毛头"或阿三，后来乳母在眠歌里偶然唱了一声"三宝宝"，从此大家就自然地叫她三宝。三是她的排行，宝是女孩子的通称（嘉兴人称女儿为宝宝），这名字确是很自然的。但没有外公写在红纸上，终非名正言顺。这无名的三宝终在四岁上辞职而去。不称职的麟先似乎怕被革职，她入学之后自己把名字改写为"林仙"了。

阿四出世在我所旅食的他乡，祖母投在胞瓶里的一只洋钉和两粒黄豆，果然移在他身上了。祖母在故乡得信后，连忙做寿桃分送诸亲百眷。外公信里附一张红纸来，红纸上头横写着"长命富贵"，下面直写着"丰华赡"。并在信里说："赡是丰足的意思。"外公的深长用心真使我感动。那时我从东京回来，负了一身债，家累又日重一日，生活窘迫得很。故外公的意思，明白地说，是"有了儿子以后，还要有钱"。我家虽然此后增出了一个乳母的开销，但有儿子名"赡"，似乎也就胆大了。

阿五又是男，块头大得很，外公给他取名奇伟。但他负了这大名，到五岁上就死去。阿六又是男的，外公给他取名元草。这里的用意我可不知，也没有问外公。将来我到地下，倘遇见我的岳父一定要补问。生到阿六，我家子女稍稍嫌多了，但钱却还是不多。这恐怕是阿四的"赡"字常常被人误写为"瞻"字的缘故。不然，阿四也是名不副实的。

最后的阿七在肚里的时候就被惹厌，问起的人都说"又要生了？"生的时候也没有人盼望他是男，她就做了女。外公给她取名一宁。又在信上告诉我们说，一宁是"得一以宁"之意。明白地说，就是"生了这一个不可再生，免得烦恼"。一宁总算听外公的话的，今年五岁了，没有弟妹。

1933年6月25日

从孩子得到的启示

//

丰子恺

一

晚上喝了三杯老酒,不想看书,也不想睡觉,捉一个四岁的孩子华瞻来骑在膝上,同他寻开心。我随口问:

"你最喜欢什么事?"

他仰起头一想,率然地回答:

"逃难。"

我倒有点奇怪:"逃难"两字的意义,在他不会懂得,为什么偏偏选择它?倘然懂得,更不应该喜欢了。我就设法探问他:

"你晓得逃难就是什么?"

"就是爸爸、妈妈、宝姐姐、软软……娘姨,大家坐汽车,去看大轮船。"

啊!原来他的"逃难"的观念是这样的!他所见的"逃难",是"逃难"的这一面！这真是最可喜欢的事！

一个月以前，上海还属孙传芳的时代，国民革命军将到上海的消息日紧一日，素不看报的我，这时候也订一份《时事新报》，每天早晨看一遍。有一天，我正在看昨天的旧报，等候今天的新报的时候，忽然上海方面枪炮声起了，大家惊惶失色，立刻约了邻人，扶老携幼地逃到附近的妇孺救济会里去躲避。其实倘然此地果真进了战线，或到了败兵，妇孺救济会也是不能救济的。不过当时张皇失措，有人提议这办法，大家就假定它为安全地带，逃了进去。那里面地方很大，有花园、假山、小川、亭台、曲栏、长廊、花树、白鸽，孩子们一进去，登临盘桓，快乐得如入新天地了。忽然兵车在墙外轰过，上海方面的机关枪声、炮声，愈响愈近，又愈密了。大家坐定之后，听听，想想，方才觉到这里也不是安全地带，当初不过是自骗罢了。有决断的人先出来雇汽车逃往租界。每走出一批人，留在里面的人增一次恐慌。我们结合邻人来商议，也决定出来雇汽车，逃到杨树浦的沪江大学。于是立刻把小孩子们从假山中、栏杆内捉出来，装进汽车里，飞奔杨树浦了。

所以决定逃到沪江大学者，因为一则有邻人与该校熟识，二则该校是外国人办的学校，较为安全可靠。枪炮声渐远渐弱，到听不见了的时候，我们的汽车已到沪江大学。他们安排一个房间给我们住，又为我们代办膳食。傍晚，我坐在校旁的黄浦江边的青草堤上，怅望云水遥忆故居的时候，许多小孩子采花、卧草，争看无数的帆船、轮船的驶行，又是快乐得如入新天地了。

次日，我同一邻人步行到故居来探听情形的时候，青天白日的旗子已经招展在晨风中，人人面有喜色，似乎从此可庆承平了。我们就雇汽车去迎回避难的眷属，重开我们的窗户，恢复我们的生活。从此"逃难"两字就变成家人的谈话的资料。

这是"逃难"。这是多么惊慌、紧张而忧患的一种经历！然而人物一无损丧，只是一次虚惊；过后回想，这回好似全家的人突发地出门游览两天。我想假如我是预言者，晓得这是虚惊，我在逃难的时候将何等有趣！素来难得全家出游的机会，素来少有坐汽车、游览、参观的机会。那一天不论时，不论钱，浪漫地、豪爽地、痛快地举行这游历，实在是人生难得的快事！只有小孩子真果感得这快味！他们逃难回来以后，常常拿香烟簏子来叠作栏杆、小桥、汽车、轮船、帆船；常常问我关于轮船、帆船的事；墙壁上及门上又常常有有色粉笔画的轮船、帆船、亭子、石桥的壁画出现。可见这"逃难"，在他们脑中有难忘的欢乐的印象。所以今晚我无端地问华瞻最喜欢什么事，他立刻选定这"逃难"。原来他所见的，是"逃难"的这一面。

不止这一端：我们所打算，计较，争夺的洋钱，在他们看来个个是白银的浮雕的胸章；仆仆奔走的行人，血汗淋淋的劳动者，在他们看来个个是无目的地在游戏，在演剧；一切建设，一切现象，在他们看来都是大自然的点缀，装饰。

唉！我今晚受了这孩子的启示了：他能撒去世间事物的因果关系的网，看见事物的本身的真相。他是创造者，能赋给生命于一切的事物。他们是"艺术"的国土的主人。唉，我要从他学习！

二

两个小孩子，八岁的阿宝与六岁的软软，把圆凳子翻转，叫三岁的阿韦坐在里面。他们两人同他抬轿子。不知哪一个人失手，轿子翻倒了。阿韦在地板上撞了一个大响头，哭了起来。乳母连忙来抱起。两个轿夫站在旁边呆看。乳母问："是谁不好？"

阿宝说："软软不好。"

软软说："阿宝不好。"

阿宝又说："软软不好，我好！"

软软也说："阿宝不好，我好！"

阿宝哭了，说："我好！"

软软也哭了，说："我好！"

他们的话由"不好"转到了"好"。乳母已在喂乳，见他们哭了，就从旁调解：

"大家好，阿宝也好，软软也好，轿子不好！"

孩子听了，对翻倒在地上的轿子看看，各用手背揩揩自己的眼睛，走开了。

孩子真是愚蒙。直说"我好"，不知谦让。

所以大人要称他们为"童蒙""童昏"，要是大人，一定懂得谦让的方法：心中明明认为自己好而别人不好，口上只是隐隐地或转弯地表示，让众人看，让别人自悟。于是谦虚、聪明、贤惠等美名皆在我了。

讲到实在，大人也都是"我好"的。不过他们懂得谦让的一种方法，不像孩子地直说出来罢了。谦让方法之最巧者，是不但不直说自己好，反而故意说自己不好。明明在谆谆地陈理说义，劝谏君王，必称"臣虽下愚"。明明在自陈心得，辩论正义，或惩斥不良、训诫愚顽，表面上总自称"不佞""不慧"，或"愚"。习惯之后，"愚"之一字竟通用作第一身称的代名词，凡称"我"处，皆用"愚"。常见自持正义而赤裸裸地骂人的文字函牍中，也称正义的自己为"愚"，而称所骂的人为"仁兄"。这种矛盾，在形式上看来是滑稽的；在意义上想来是虚伪的，阴险的。"滑稽""虚伪""阴险"，比较大人评孩子的所谓"蒙""昏"，丑劣得多了。

对于"自己"，原是谁都重视的。自己的要"生"，要"好"，原是普遍的生命的共通的大欲。今阿宝与软软为阿韦抬轿子，翻倒了轿子，跌痛了阿韦，是谁好谁不好，姑且不论；其表示自己要"好"的手段，是彻底地诚实，纯洁而不虚饰的。

我一向以小孩子为"昏蒙"。今天看了这件事，恍然悟到我们自己的昏蒙了。推想起来，他们常是诚实的，"称心而言"的；而我们呢，难得有一日不犯"言不由衷"的恶德！

唉！我们本来也是同他们那样的，谁造成我们这样呢？

1926 年

回 声

李广田

不怕老祖父的竹戒尺,也还是最喜欢跟着母亲到外祖家去,这原因是为了去听琴。

外祖父是一个花白胡须的老头子,在他的书房里也有一张横琴,然而我并不喜欢这个。外祖父常像瞌睡似的俯在他那横琴上,慢慢地拨弄那些琴弦,发出如苍蝇的营营声,苍蝇,多么腻人的东西,毫无精神,叫我听了只是心烦,那简直就如同老祖父硬逼我念古书一般。我与其听这营营声,还不如到外边的篱笆上听一片枯叶的歌子更好些。那是在无意中被我发现的。一日,我从篱下走过,一种奇怪的声音招呼我,那仿佛是一只蚂蚱的振翅声,又好像一只小鸟的剥啄。然而这是冬天,没有蚂蚱,也不见啄木鸟。虽然在想象中我已经看见驾着绿鞍的小虫,和穿着红裙的没尾巴的小鸟。那声音又似在故意逗我,一会唱唱,一会又歇歇。我费了不少时间终于寻到那个发声的机关:是篱笆上一片枯叶,在风中战动,与枯枝摩擦而发出好听的声响,我喜欢极了,我很想告诉外祖："放下你的，来听我的吧。"但因为要偷偷藏住这点快乐，终于也不曾告诉别人。

然而我最喜欢的还不在此。我还是喜欢听琴——听那张长大无比的琴。

那时候我当然还没有一点地理知识。但又不知是从什么人听说过：黄河是从西天边一座深山中流来，黄荡荡如来自天上，一直泻入东边的大海，而中间呢，中间就恰好从外祖家的屋后流过。这是天地间一大奇迹，这奇迹，常常使我用心思索。黄河有多长，河堤也有多长，而外祖家的房舍就紧靠着堤身。这一带居民均占有这种便宜，不但在官地上建造房屋，而且以河堤作为后墙，故从前面看去，俨然如一排土楼，从后面看去，则只能看见一排茅檐。堤前堤后，均有极整齐的官柳，冬夏四季，都非常好看。而这道河堤，这道从西天边伸到东天边的河堤，便是我最喜欢的一张长琴：堤身即琴身，堤上的电杆木就是琴柱，电杆木上的电线就是琴弦了。

最乐意到外祖家去，而且乐意到外祖家夜宿，就是为了听这张长琴的演奏。

只要有风的日子，就可以听到这长琴的嗡嗡声。那声音颇难比拟，人们说那像老头子哼哼，我心里却甚难佩服。尤其当深夜时候，尤其是在冬天的夜里，睡在外祖母的床上，听着墙外的琴声简直不能入睡。冬夜的黑暗是容易使人想到许多神怪事物的，而在一个小孩子的心里却更容易遐想，这嗡嗡的琴声就作了我遐想的序曲。我从那黄河发源地的深山，缘着琴弦，想到那黄河所倾注的大海。我猜想那山是青的，山里有

第三章　家是永远的港湾

奇花异草，有珍禽怪兽；我猜想那海水是绿色的，海上满是小小白帆，水中满是翠藻银鳞。而我自己想，仿佛觉得自己很轻，很轻，我就缘着那条琴弦飞行。我看见那条琴弦在月光中发着银光，我可以看到它的两端，却又觉得那琴弦长到无限。我渐渐有些晕眩，在晕眩中我用一个小小的铁锤敲打那琴弦，于是那琴弦就发出嗡嗡的声响。这嗡嗡的琴声就直接传到我的耳里，我仿佛飞行了很远很远，最后才了觉自己仍是躺温暖的被里。我的想象又很自然地转到外祖父身上，我又想起外祖父的横琴，想起那横琴的腻人的营营声。这声音和河堤的长琴混合起来，我乃觉得非常麻烦，仿佛眼前有无数条乱丝搅动在一起，我的思念愈思愈乱，我看见外祖父也变了原来的样子，他变成一个雪白须眉的老人，连衣服也是白的，为月光所洗，浑身上下颤动着银色的波纹。这已不复是外祖，乃是一个神仙，一个妖怪，他每天夜里在河堤上敲打琴弦。我竭力想把那老人的影像同外祖父分开，然而不可能，他们老是纠缠在一起。我感到恐怖。我的恐怖却又诱惑我到月夜中去，假如趁这时候一个人跑到月夜的河堤上该是怎样呢。恐怖是美丽的，然而到底还是恐怖。最后连我自己也分裂为二。我的灵魂在月光的河堤上伫立，感到寒战，而我的身子却越发地向被下畏缩，直到蒙头裹脑睡去为止。

在这样的夜里，我会做出许多怪梦，可惜这些梦也同过去的许多事实一样，都被我忘在模糊中了。

来到外祖家，我总爱一个人跑到河堤上，尤其每次刚刚来到的次日早晨，不管天气多么冷，也不管河堤上的北风多么凛冽，我总愿偷偷地跑到堤上，紧紧抱住电杆木，把耳朵靠在电杆上，听那最清楚的嗡嗡声。

有时还故意地用力踢那电杆木，使那嗡嗡声发出一种节奏，心里觉得特别喜欢。

然而北风的寒冷总是难当的，我的手，我的脚，我的耳朵，其初是疼痛，最后是麻木，回到家里才知道已经成了冻疮。尤以脚趾肿痛得最厉害。因此，我有一整个冬季不能到外祖家去，而且也不能出门，闷在家里，我真是寂寞极了。

"为了不能到外祖家去听琴，便这样忧愁的吗？"老祖母见我郁郁不快的神色，这样子慰问我。不经慰问倒还无事，这最知心的慰问才唤起我的悲哀。

祖母的慈心总是值得感激的，时至现在，则可以说是值得纪念的了，因为她已完结了她最平凡的，也可以说是最悲剧的一生，升到天国去了。在当时，她曾以种种方法使我快乐，虽然她所用的方法不一定能使我快乐。

她给我说故事，给我唱谣曲，给我说黄河水灾的可怕，说老祖宗兜土为山的传说，并用竹枝草叶为我作种种玩具。亏她想得出：她又把一个小瓶悬在风中叫我听琴。

那是怎样的一个小瓶啊，那个小瓶可还存在吗，提起来倒是非常怀念了。那瓶的大小如苹果，浑圆如苹果，只是多出一个很小很厚的瓶嘴儿。颜色是纯白，材料很粗糙，没有什么光亮的瓷釉。那种质朴老实样子，叫人疑心它是一件古物，而那东西也确实在我家传递了许多世代。老祖母从一个旧壁橱中找出这小瓶时，小心地拂拭着瓶上的尘土，以严肃的微笑告诉道："别看这小瓶不好，这却是祖上的传家宝呢。我们的老祖宗——可是也不记得是哪一位了,但愿他在天上作神仙——他是一个好心肠的医生,他用他的通神的医道救活了许多垂危的人。他曾用许多小瓶珍藏一些灵药,而这个小白瓶儿就是被传留下来的一个。"一边说着,一边又显出非常惋惜的神气。我听了老祖母的话也默然无话,因为我也同样地觉得很惋惜。我想象当年一定有无数这样大小瓶儿,同样大,同样圆,同样是白色,同样是好看,可是现在就只剩着这么一个了。那些可爱的小瓶儿都分散到哪里去了呢?而且还有那些灵药,还有老祖宗的好医术呢?我简直觉得可哀了。

那时候老祖母有多大年纪,也不甚清楚,但总是五十多岁的人吧,虽然头发已经苍白,身体却还相当的健康,她不惮烦劳地为我做着种种事情。

把小白瓶拂拭洁净之后,她乃笑着对我说道:"你看,你看,这样吹,这样吹。"同时说着把瓶口对准自己的嘴唇把小瓶吹出呜呜的鸣声。我喜欢极了,当然她是更喜欢。她叫我学吹,我居然也吹得响。于是她又说:"这还不算为奇,我要把它系在高杆上,北风一吹,它也会呜呜地响。这就是你在河堤上听琴是一样的了。"

她继续忙着。她向几个针线筐里乱翻,她是要找寻一条结实的麻线。她把麻线系住瓶口,又自己搬一把高大的椅子,放在一根晒衣服的高杆下面。唉,这些事情我记得多么清楚啊!她在椅子上摇摇晃晃的样子,现在叫我想起才觉得心惊。而且那又是在冷风之中,她摇摇晃晃地立在椅子上,伸直了身子,举起了双手,把小白瓶向那晒衣杆上系紧。她把那麻绳缠一匝,又一匝,结一个纥,又一个纥,唯恐那小瓶被风吹落,摔碎了祖宗的宝贝。她笑着，我也笑着，却不曾言语。我们只等把小瓶系牢之后立刻就听它发出呜呜响声。老祖母把一条长麻线完全结在上边了，她摇摇晃晃地从椅子上下来。我看出她的疲乏，我听出她的喘哮来了。然而，然而那个小瓶，在风中却没有一点声息。

我同老祖母都仰着脸望那风中的瓶儿，两人心中均觉得黯然，然而老祖母却还在安慰我："好孩子，不必发愁，今天风太小，几时刮大风，一定可以听到呜呜响了。"

以后过了许多日子，还刮了好多次老北风，然而那小白瓶还是一点不动，不发出一点声息。

现在我每逢走过电杆木，听到电杆木发出嗡嗡声时，就很自然地想起这些。现在外祖家已经衰落不堪，只剩下孤儿寡妇，一个舅母和一个表弟，在赤贫中过着困苦日子，我的老祖父和祖母都去世多年了。

作父亲

丰子恺

楼窗下的弄里远地传来一片声音:"咿哟,咿哟……"渐近渐响起来。

一个孩子从算草簿中抬起头来,张大眼睛倾听一会,"小鸡!小鸡!"叫了起来。四个孩子同时放弃手中的笔,飞奔下楼,好像路上的一群麻雀听见了行人的脚步声而飞去一般。

我刚才扶起他们所带倒的凳子,拾起桌子上滚下去的铅笔,听见大门口一片呐喊:"买小鸡!买小鸡!"其中又混着哭声。连忙下楼一看,原来元草因为落伍而狂奔,在庭中跌了一跤,跌痛了膝盖骨不能再跑,恐怕小鸡被哥哥、姐姐们买完了轮不着他,所以激烈地哭着。我扶了他走出大门口,看见一群孩子正向一个挑着一担"咿哟,咿哟"的人招呼,欢迎他走近来。元草立刻离开我,上前去加入团体,且跳且喊:"买小鸡!买小鸡!"泪珠跟了他的一跳一跳而从脸上滴到地上。

孩子们见我出来,大家回转身来包围了我。"买小鸡!买小鸡!"的喊声由命令的语气变成了请愿的语气，喊得比前更响了。他们仿佛想把这些音蓄入我的身体中，希望它们由我的口上开出来。独有元草直接拉住了担子的绳而狂喊。

我全无养小鸡的兴趣；而且想起了以后的种种麻烦，觉得可怕。但乡居寂寥，绝对屏除外来的诱惑而强迫一群孩子在看惯的几间屋子里隐居这一个星期日，似也有些残忍。且让这个"咿哟，咿哟"来打破门庭的岑寂，当作长闲的春昼的一种点缀吧。我就招呼挑担的，叫他把小鸡给我们看看。

他停下担子，揭开前面的一笼。"咿哟，咿哟"的声音忽然放大。但见一个细网的下面，蠕动着无数可爱的小鸡，好像许多活的雪球。五六个孩子蹲集在笼子的四周，一齐倾情地叫着"好来！好来！"一瞬间我的心也屏绝了思虑而没入在这些小动物的姿态的美中，体会了孩子们对于小鸡的热爱的心情。许多小手伸入笼中，竞指一只纯白的小鸡，有的几乎要隔网捉住它。挑担的忙把盖子无情地冒上，许多"咿哟，咿哟"的雪球和一群"好来，好来"的孩子就变成了咫尺天涯。孩子们怅望笼子的盖，依附在我的身边，有的伸手摸我的袋。我就向挑担的人说话：

"小鸡卖几钱一只？"

"一块洋钱四只。"

"这样小的，要卖二角半钱一只？可以便宜些否？"

"便宜勿得，二角半钱最少了。"

他说过，挑起担子就走。大的孩子脉脉含情地目送他，小的孩子拉住了我的衣襟而连叫"要买！要买！"挑担的越走得快，他们喊得越响。

第三章　家是永远的港湾

我摇手止住孩子们的喊声,再向挑担的问:

"一角半钱一只卖不卖?给你六角钱买四只吧!"

"没有还价!"

他并不停步,但略微旋转头来说了这一句话,就赶紧向前面跑。"咿哟,咿哟"的声音渐渐地远起来了。

元草的喊声就变成哭声。大的孩子锁着眉头不绝地探望挑担者的背影,又注视我的脸色。我用手掩住了元草的口,再向挑担人远远地招呼:

"二角大洋一只,卖了吧!"

"没有还价!"

他说过便昂然地向前进行,悠长地叫出一声"卖——小——鸡——!"其背影便在弄口的转角上消失了。我这里只留着一个嚎啕大哭的孩子。

对门的大嫂子曾经从矮门上探头出来看过小鸡,这时候就拿着针线走出来,倚在门上,笑着劝慰哭的孩子,她说:

"不要哭!等一会儿还有担子挑来,我来叫你呢!"她又笑着向我说:

"这个卖小鸡的想做好生意。他看见小孩子哭着要买,越是不肯让价了。昨天坍墙圈里买的一角洋钱一只,比刚才的还大一半呢!"

我同她略谈了几句,硬拉了哭着的孩子回进门来。别的孩子也懒洋洋地跟了进来。我原想为长闲的春昼找些点缀而走出门口来的,不料讨个没趣,扶了一个哭着的孩子而回进来。庭中柳树正在骀荡的春光中摇曳柔条,堂前的燕子正在安稳的新巢上低徊软语。我们这个刁巧的挑担者和痛哭的孩子,在这一片和平美丽的春景中很不调和啊!

关上大门，我一面为元草揩拭眼泪，一面对孩子们说：

"你们大家说'好来，好来'，'要买，要买'，那人就不肯让价了！"

小的孩子听不懂我的话，继续抽噎着；大的孩子听了我的话若有所思。我继续抚慰他们：

"我们等一会再来买吧，隔壁大妈会喊我们的。但你们下次……"

我不说下去了。因为下面的话是"看见好的嘴上不可说好，想要的嘴上不可说要。"倘再进一步，就变成"看见好的嘴上应该说不好，想要的嘴上应该说不要"了。在这一片天真烂漫光明正大的春景中，向哪里容藏这样教导孩子的一个父亲呢？

1933 年 5 月 20 日

家书一则

// 傅雷

亲爱的孩子，六月十八日信（邮戳十九）今晨收到。虽然花了很多钟点，信写得很好。多写几回就会感到更容易更省力。最高兴的是你的民族性格和特征保持得那么完整，居然还不忘记："一箪食一瓢饮，回也不改其乐。"唯有如此，才不致被西方的物质文明淹没。你屡次来信说我们的信给你看到和回想到另外一个世界，理想气息那么浓的，豪迈的，真诚的，光明正大的，慈悲的，无我的（即你此次信中说的 idealistic, generous, devoted, loyal, kind, selfless）世界。我知道东方西方之间的鸿沟，只有豪杰之士，领悟颖异，感觉敏锐而深刻的极少数人方能体会。换句话说，东方人要理解西方人及其文化和西方人理解东方人及其文化同样不容易。即使理解了，实际生活中也未必真能接受。这是近代人的苦闷：既不能闭关自守，东方与西方各管各的生活，各管各的思想，又不能避免两种精神两种文化两种哲学的冲突和矛盾。当然，除了冲突与矛盾，两种文化也彼此吸引，相互之间有特殊的魅力使人神往。东方的智慧、明哲、超脱，要是能与西方的活力、热情、大无畏的精神融和起来，人类可能看到另一种新文化出现。西方人那种孜孜矻矻，白首穷经，只知为学，不问成败的精神还是存在（现在和克利斯朵夫的时代一样存在），值得我们学习。你我都不是大国主义者，也深恶痛绝大国主义，但你我的民族自觉、民族自豪和爱国热忱并无一星半点的排外意味。相反，这是一个有根有蒂的人应有的感觉与感情。每次看到你有这种表现，我都快活得心儿直跳，觉得你不愧为中华民族的儿子！妈妈也为之自豪，对你特别高兴，特别满意。

吃过晚饭，又读了一遍（第三遍）来信。你自己说写得乱七八糟，其实并不。你有的是真情实感，真正和真实的观察，分析，判断，便是杂乱也乱不到哪里去。中文也并未退步；你爸爸最挑剔文字，我说不退步你可相信是真的不退步。而你那股热情和正义感不知不觉洋溢于字里行间，教我看了安慰，兴奋……有些段落好像是我十几年来和你说的话的回声……你没有辜负园丁！

老好人往往太迁就，迁就世俗，迁就褊狭的家庭愿望，迁就自己内心中不大高明的因素；不幸真理和艺术需要高度的原则性和永不妥协的良心。物质的幸运也常常毁坏艺术家。可见艺术永远离不开道德——广义的道德，包括正直，刚强，斗争（和自己的斗争以及和社会的斗争），毅力，意志，信仰……

的确，中国优秀传统的人生哲学，很少西方人能接受，更不用说实践了。比如"富贵于我如浮云"在你我是一条极崇高极可羡的理想准则，但像巴尔扎克笔下的那些人物，正好把富贵作为人生最重要的，甚至是唯一的目标。他们那股向上爬，求成功的蛮劲与狂热，我个人简直觉得难以理解。也许是气质不同，并非多数中国人全是那么淡泊。我们不能把自己人太理想化。

你提到英国人的抑制（inhibition）其实正表示他们犷野强悍的程度，不能不深自敛抑，一旦决堤而出，就是莎士比亚笔下的那些人物，如麦克白斯、奥赛罗等等，岂不wild到极点？

Bath在欧洲亦是鼎鼎大名的风景区和温泉疗养地，无怪你觉得是英国最美的城市。看了你寄来的节目，其中几张风景使我回想起我住过的法国内地古城：那种古色古香，那种幽静与悠闲，至今常在梦寐间出现。——说到这里，希望你七月去维也纳，百忙中买一些美丽的风景片给我。爸爸坐井观天，让我从纸面上也接触一下贝多芬、莫扎特、舒伯特住过的名城！

你对Michelangeli的观感大有不同，足见你六年来的进步与成熟。同时，"曾经沧海难为水"，"登东山而小鲁，登泰山而小天下"，也是你意见大变的原因。伦敦毕竟是国际性的乐坛，你这两年半的逗留不是没有收获的。

最近在美国的《旅行家杂志》（National Geography）上读到一篇英国人写的爱尔兰游记，文字很长，图片很多。他是三十年中第二次去周游全岛，结论是："什么是爱尔兰最有意思的东西？——是爱尔兰人。"这句话与你在杜伯林匆匆一过的印象完全相同。

石刻画你喜欢吗？是否感觉到那是真正汉族的艺术品，不像敦煌壁画云冈石刻有外来因素。我觉得光是那种宽袍大袖、简洁有力的线条、

回忆是一种重逢

浑合的轮廓、古朴的屋宇车辆、强劲雄壮的马匹，已使我看了怦然心动，神游于二千年以前的天地中去了。（装了框子看更有效果。）

我早料到你读了《论希腊雕塑》以后的兴奋。那样的时代是一去不复返的了，正如一个人从童年到少年那个天真可爱的阶段一样。也如同我们的先秦时代、两晋六朝一样。近来常翻阅《世说新语》（正在寻一部铅印而篇幅不太笨重的预备寄你），觉得那时的风流文采既有点儿近古希腊，也有点儿像文艺复兴时期的意大利；但那种高远、恬淡、素雅的意味仍然不同于西方文化史上的任何一个时期。人真是奇怪的动物，文明的时候会那么文明，谈玄说理会那么隽永，野蛮的时候又同野兽毫无分别，甚至更残酷。奇怪的是这两个极端就表现在同一批人同一时代的人身上。两晋六朝多少野心家，想夺天下、称孤道寡的人，坐下来清谈竟是深通老庄与佛教哲学的哲人！

亨特尔的神剧固然追求异教精神，但他毕竟不是纪元前四五世纪的希腊人，他的作品只是十八世纪一个意大利化的日耳曼人向往古希腊文化的表现。便是《赛米里》吧，口吻仍不免带点儿浮夸（pompous）。这不是亨特尔个人之过，而是民族与时代不同，绝对勉强不来的。将来你有空闲的时候（我想再过三五年，你音乐会一定可大大减少，多一些从各方面晋修的时间），读几部英译的柏拉图、塞诺封一类的作品，你对希腊文化可有更多更深的体会。再不然你一朝去雅典，尽管山陵剥落（如丹纳书中所说）面目全非，但是那种天光水色（我只能从亲自见过的罗马和那不勒斯的天光水色去想象），以及巴德农神庙的废墟，一定会给你强烈的激动，狂喜，非言语所能形容，好比四五十年以前邓肯在巴枯农废墟上光着脚不由自主的跳起舞来（《邓肯（Duncun）自传》，倘在旧书店中看到，可买来一读）。真正体会古文化，除了从小"泡"过来之外，只有接触那古文化的遗物。我所以不断寄吾国的艺术复制品给你，一方面是满足你思念故国，缅怀我们古老文化的饥渴，一方面也想用具体事物来影响弥拉。从文化上、艺术上认识而爱好异国，才是真正认识和爱好一个异国；而且我认为也是加强你们俩精神契合的最可靠的链锁。

  分析你岳父的一段大有见地，但愿作为你的鉴戒。你的两点结论，不幸的婚姻和太多与太早的成功是艺术家最大的敌人，说得太中肯了。我过去为你的婚姻问题操心，多半也是从这一点出发。如今弥拉不是有野心的女孩子，至少不会把你拉上热衷名利的路，让你能始终维持艺术的尊严，维持你严肃朴素的人生观，已经是你的大幸。还有你淡于名利的胸怀，与我一样的自我批评精神，对你的艺术都是一种保障。但愿十年二十年之后，我不在人世的时候，你永远能坚持这两点。恬淡的胸怀，在西方世界中特别少见，希望你能树立一个榜样！

1961 年 6 月 26 日

有了小孩以后

//

老舍

艺术家应以艺术为妻，实际上就是当一辈子光棍儿。在下闲暇无事，往往写些小说，虽一回还没自居过文艺家，却也感觉到家庭的累赘。每逢困于油盐酱醋的灾难中，就想到独人一身，自己吃饱便天下太平，岂不妙哉。

家庭之累，大半由儿女造成。先不用提教养的花费，只就淘气哭闹而言，已足使人心慌意乱。小女三岁，专会等我不在屋中，在我的稿子上画圈拉杠，且美其名曰"小济会写字"！把人要气没了脉，她到底还是有理！再不然，我刚想起一句好的，在脑中盘旋，自信足以愧死莎士比亚，假若能写出来的话。当是时也，小济拉拉我的肘，低声说："上公园看猴？"于是我至今还未成莎士比亚。小儿一岁整，还不会"写字"，也不晓得去看猴，但善亲亲，闭眼，张口展览上下四个小牙。我若没事，请求他闭眼，露牙，小胖子总会东指西指的打岔。赶到我拿起笔来，他那一套全来了，不但亲脸，闭眼，还"指"令我也得表演这几招。有什

第三章　家是永远的港湾

么办法呢？！

这还算好的。赶到小济午后不睡，按着也不睡，那才难办。到这么四点来钟吧，她的困闹开始，到五点钟我已没有人味。什么也不对，连公园的猴都变成了臭的，而且猴之所以臭，也应当由我负责。小胖子也有这种困而不睡的时候，大概多数是与小济同时发难。两位小醉鬼一齐找毛病，我就是诸葛亮恐怕也得唱空城计，一点办法没有！在这种干等束手被擒的时候，偏偏会来一两封快信——催稿子！我也只好闹脾气了。不大一会儿，把太太也闹急了，一家大小四口，都成了醉鬼，其热闹至为惊人。大人声言离婚，小孩怎说怎不是，于离婚的争辩中瞎打混。一直到七点后，二位小天使已困得动不的，离婚的宣言才无形的撤销。这还算好的。遇上小胖子出牙，那才真教厉害，不但白天没有情理，夜里还得上夜班。一会儿一醒，若被针扎了似的惊啼，他出牙，谁也不用打算睡。他的牙出利落了，大家全成了红眼虎。

不过，这一点也不妨碍家庭中爱的发展，人生的巧妙似乎就在这里。记得 Frank Harris① 仿佛有过这么点记载：他说王尔德为那件不名誉的案子过堂被审，一开头他侃侃而谈，语多幽默。及至原告提出几个男妓作证人，王尔德没了脉，非失败不可了。Harris 以为王尔德必会说："我是个戏剧家，为观察人生，什么样的人都当交往。假若我不和这些人接触，我从哪里去找戏剧中的人物呢？"可是，王尔德竟自没这么答辩，官司就算输了！

把王尔德且放在一边；艺术家得多去经验，Harris 的意见，假若不是特为王尔德而发的，的确是不错。连家庭之累也是如此。还拿小孩们

---

① 弗兰克·哈里斯（1856—1931），爱尔兰裔美国作家、记者、编辑、出版家。

回忆是一种重逢

说吧——这才来到正题——爱他们吧,嫌他们吧,无论怎说,也是极可宝贵的经验。

在没有小孩的时候,一个人的世界还是未曾发现美洲的时候的。小孩是科仑布①,把人带到新大陆去。这个新大陆并不很远,就在熟习的街道上和家里。你看,街市上给我预备的,在没有小孩的时候,似乎只有理发馆,饭铺,书店,邮政局等。我想不出婴儿医院,糖食店,玩具铺等等的意义。连药房里的许许多多婴儿用的药和粉,报纸上婴儿自己药片的广告,百货店里的小袜子小鞋,都显着多此一举,劳而无功。及至小天使自天飞降,我的眼睛似乎戴上了一双放大镜,街市依然那样,跟我有关系的东西可是不知增加了多少倍!婴儿医院不但挂着牌子,敢情里边还有医生呢。不但有医生,还是挺神气,一点也得罪不得。拿着医生所给的神符,到药房去,敢情那些小瓶子小罐都有作用。不但要买瓶子里的白汁黄面和各色的药饼,还得买瓶子罐子,轧粉的钵,量奶的漏斗,乳头,卫生尿布,玩意儿多多了!百货店里那些小衣帽,小家具,也都有了意义;原先以为多此一举的东西,如今都成了非它不行;有时候铺中缺乏了我所要的那一件小物品,我还大有看不起他们的意思:既是百货店,怎能不预备这件东西呢?!慢慢的,全街上的铺子,除了金店与古玩铺,都有了我的足迹;连当铺也走得怪熟。铺中人也渐渐熟识了,甚至可以随便闲谈,以小孩为中心,谈得颇有味儿。伙计们,掌柜们,原来不仅是站柜作买卖,家中还有小孩呢!有的铺子,竟自敢允许我欠账,仿佛一有了小孩,我的人格也好了些,能被人信任。三节的账

---

① 哥伦布。

条来得很踊跃，使我明白了过节过年的时候怎样出汗。

小孩使世界扩大，使隐藏着的东西都显露出来。非有小孩不能明白这个。看着别人家的孩子，肥肥胖胖，整整齐齐，你总觉得小孩们理应如此，一生下来就戴着小帽，穿着小袄，好像小雏鸡生下来就披着一身黄绒似的。赶到自己有了小孩，才能晓得事情并不这么简单。一个小娃娃身上穿戴着全世界的工商业所能供给的，给全家人以一切啼笑爱怨的经验，小孩的确是位小活神仙！

有了小活神仙，家里才会热闹。窗台上，我一向认为是摆花的地方。夏天呢，开着窗，风儿轻轻吹动花与叶，屋中一阵阵的清香。冬天呢，阳光射到花上，使全屋中有些颜色与生气。后来，有了小孩，那些花盆很神秘的都不见了，窗台上满是瓶子罐子，数不清有多少。尿布有时候上了写字台，奶瓶倒在书架上。大扫除才有了意义，是的，到时候非痛痛快快的收拾一顿不可了，要不然东西就有把人埋起来的危险。上次大扫除的时候，我由床底下找到了但丁的《神曲》。不知道这老家伙干吗在那里藏着玩呢！

人的数目也增多了，而且有很多问题。在没有小孩的时候，用一个仆人就够了，现在至少得用俩。以前，仆人"拿糖"，满可以暂时不用；没人作饭，就外边去吃，谁也不用拿捏谁。有了小孩，这点豪气乘早收起去。三天没人洗尿布，屋里就不要再进来人。牛奶等项是非有人管理不可，有儿方知卫生难，奶瓶子一天就得烫五六次；没仆人简直不行！有仆人就得捣乱，没办法！

好多没办法的事都得马上有办法，小孩子不会等着"国联"慢慢解决儿童问题。这就长了经验。半夜里去买药,药铺的门上原来有个小口,可以交钱拿药,早先我就不晓得这一招。西药房里敢情也打价钱,不等他开口,我就提出:"还是四毛五?"这个"还是"使我省五分钱,而且落个行家。这又是一招。找老妈子有作坊,当票儿到期还可以入利延期,也都被我学会。没工夫细想,大概自从有了儿女以后,我所得的经验至少比一张大学文凭所能给我的多着许多。大学文凭是由课本里掏出来的,现在我却念着一本活书,没有头儿。

连我自己的身体现在都会变形,经小孩们的指挥,我得去装马装牛,还须装得像个样儿。不但装牛像牛,我也学会牛的忍性,小胖子觉得"开步走"有意思,我就得百走不厌;只作一回,绝对不行。多咱他改了主意,多咱我才能"立正"。在这里,我体验出母性的伟大,觉得打老婆的人们满该下狱。

中秋节前来了个老道,不要米,不要钱,只问有小孩没有?看见了小胖子,老道高了兴,说十四那天早晨须给小胖子左腕上系一根红线。备清水一碗,烧高香三炷,必能消灾除难。右邻家的老太太也出来看,老道问她有小孩没有,她惨淡的摇了摇头。到了十四那天,倒是这位老太太的提醒,小胖子的左腕上才拴了一圈红线。小孩子征服了老道与邻家老太太。一看胖手腕的红线,我觉得比写完一本伟大的作品还骄傲,于是上街买了两尊兔子王,感到老道,红线,兔子王,都有绝大的意义!

1936 年 11 月

雷峰塔下
——寄到碧落

庐隐

涵！记得吧！我们徘徊在雷峰塔下，地上芊芊碧草，间杂着几朵黄花，我们并肩坐在那软绵的草上。那时正是四月间的天气，我穿了一件浅紫麻纱的夹衣，你采了一朵黄花插在我的衣襟上，你仿佛怕我拒绝，你羞涩而微怯地望着我。那时我真不敢对你逼视，也许我的脸色变了，我只觉心脏急速的跳动，额际仿佛有些汗湿。

黄昏的落照，正射在塔尖，红霞漾射于湖心，轻舟兰桨，又有一双双情侣，在我们面前泛过。涵！你放大胆子，悄悄地握住我的手，——这是我们头一次的接触，可是我心里仿佛被利剑所穿，不知不觉落下泪来，你也似乎有些抖颤，涵！那时节我似乎已料到我们命运的多磨多难！

山脚上忽涌起一朵黑云，远远的送过雷声，——湖上的天气，晴雨

回忆是一种重逢

最是无凭，但我们凄恋着，忘记风雨无情的吹淋，顷刻间豆子般大的雨点，淋到我们的头上身上，我们来时原带着伞，但是后来看见天色晴朗，就放在船上了。

雨点夹着风沙，一直吹淋。我们拼命地跑到船上，彼此的衣裳都湿透了，我顿感到冷意，伏作一堆，还不禁抖颤，你将那垫的毡子，替我盖上，又紧紧地靠着我，涵！那时你还不敢对我表示什么！

晚上依然是好天气，我们在湖边的椅子上坐着，看月。你悄悄对我说："雷峰塔下，是我们生命史上一个大痕迹！"我低头不能说什么，涵！真的！我永远觉得我们没有幸福的可能！

唉！涵！就在那夜，你对我表明白你的心曲，我本是怯弱的人，我虽然恐惧着可怕的命运，但我无力拒绝你的爱意！

从雷峰塔下归来，一直四年间，我们是度着悲惨的恋念的生活。四年后，我们胜利了！一切的障碍，都在我们手里粉碎了。我们又在四月间来到这里，而且我们还是住在那所旅馆，还是在黄昏的时候，到雷峰塔下，涵！我们那时毫无所拘束了。我们任情地拥抱，任意地握手，我们多么骄傲！……

但是涵！又过了一年，雷峰塔倒了，我们不是很凄然的惋惜吗？不过我绝不曾想到，就在这一年十月里你抛下一切走了，永远地走了，再不想回来了！呵！涵！我从前惋惜雷峰塔的倒塌，现在，呵！现在，我感谢雷峰塔的倒塌，因为它的倒塌，可以扑灭我们的残痕！

涵！今年十月就到了。你离开人间已经三年了！人间渐渐使你淡忘了吗？唉！父亲年纪老了！每次来信都提起你，你们到底是什么因果？

而我和你确是前生的冤孽呢！

涵！去年你的二周年纪念时，我本想为你设祭，但是我住在学校里，什么都不完全，我记得我只作了一篇祭文，向空焚化了。你到底有灵感没有！我总痴望你，给我托一个清清楚楚的梦，但是哪有？！

只有一次，我是梦见你来了，但是你为甚那么冷淡？果然是缘尽了吗？涵！你抛得下走了，大约也再不恋着什么！不过你总忘不了雷峰塔下的痕迹吧！

涵！人间是更悲惨了！你走后一切都变更了。家里呢，也是树倒猢狲散，父亲的生意失败了！两个兄弟都在外洋飘荡，家里只剩母亲和小弟弟，也都搬到乡下去住。父亲忍着伤悲，仍在洋口奔忙，筹还拖欠的债。涵！这都是你临死而不放心的事情，但是现在我都告诉了你，你也有点眷恋吗？

我！大约你是放心的，一直挣扎着呢，涵！雷峰塔已经倒塌了，我们的离合也都应验了。——今年是你死后的三周年——我就把这断藕的残丝，敬献你在天之灵吧！

素 心

//

石评梅

我从来不曾一个人走过远路，但是在几月前我就想尝试一下这踽踽独行的滋味；黑暗中消失了你们，开始这旅途后，我已经有点害怕了！我搏跃不宁的心，常问我"为什么硬要孤身回去呢？"因之，我蜷伏在车厢里，眼睛都不敢睁，睁开时似乎有许多恐怖的目光注视着我，不知他们是否想攫住我？是否想加害我？有时为避免他们的注视，我抬头向窗外望望，更冷森地可怕，平原里一堆一堆的黑影，明知道是垒垒荒冢，但是我总怕是埋伏着的劫车贼呢。这时候我真后悔，为甚要孤零零一个女子，在黑夜里同陌生的旅客们，走向不可知的地方去呢？因为我想着前途或者不是故乡不是母亲的乐园？

天亮时忽然上来一个老婆婆，我让点座位给她，她似乎嘴里喃喃了几声，我未辨清是什么话；你是知道我的，我不高兴和生人谈话，所以我们只默默地坐着。

我一点都不恐怖了，连他们惊讶的目光，都变成温和的注视，我才

第三章　家是永远的港湾

明白他们是绝无攫住加害于我的意思；所以注视我的，自然因为我是女子，是旅途独行无侣的女子。

但是我为什么要这样呢？因为我身旁有了护卫——不认识的老婆婆；明知道她也是独行的妇女，在她心里，在别人眼里，不见得是负了护卫我的使命，不过我确是有了勇气而且放心了。

靠着窗子睡了三点钟，醒来时老婆婆早不在了；我身旁又换了一个小姑娘，手里提着一个篮子，似乎很沉重，但是她不知道把它放在车板上。后来我忍不住了说："小姑娘！你提着不重吗？为什么不放在车板上？"可笑她被我提醒后，她红着脸把它搁在我的脚底。

七月二号的正午，我换了正太车，踏入了我渴望着的故乡界域，车头像一条蜿蜒的游龙，有时飞腾在崇峻的高峰，有时潜伏在深邃的山洞。由晶莹小圆石堆集成的悬崖里，静听着水涧碎玉般的音乐；你知道吗？娘子关的裂帛溅珠，真有"苍崖中裂银河飞，空里万斛倾珠玑"的美观。

火车箭似的穿过夹道的绿林，牧童村女，都微笑点头，似乎望着缭绕来去的白烟欢呼着说："归来呵！漂泊的朋友！"想不到往返十几次的轨道旁，这次才感到故乡的可爱和布置雄壮的河山。旧日秃秃的太行山，而今都披了柔绿；细雨里行云过岫，宛似少女头上的小鬟，因为落雨多，瀑布是更壮观而清脆，经过时我不禁想到 Undine[①]。

下午三点钟，我站在桃花潭前的家门口了。一只我最爱的小狗，在门口卧着，看见我陌生的归客，它摆动着尾巴，挣直了耳朵，向我汪汪地狂叫。那时我家的老园丁，挑着一担水回来，看见我时他放下水担，

[①] 温蒂妮，欧洲古代传说中掌管四大元素的"四精灵"之一（火、风、地、水）。

回忆是一种重逢

颤巍巍向我深深地打了一躬，喊了声："小姐回来了！"

我急忙走进了大门，一直向后院去，喊着母亲。这时候我高兴之中夹着酸楚，看见母亲时，双膝跪在她面前，扑到她怀里，低了头抱着她的腿哭了！

母亲老了，我数不清她鬓上的银丝又添几许？现在我确是一枝阳光下的蔷薇，在这温柔的母怀里又醉又懒。素心！你不要伤心你的漂泊，当我说到见了母亲的时候，你相信这刹那的快慰，已经是不可捉摸而消失的梦；有了团聚又衬出漂泊的可怜，但想到终不免要漂泊的时候，这团聚暂时的欢乐，岂不更增将来的怅惘？因之，我在笑语中低叹，沉默里饮泣。为什么呢？我怕将来的离别，我怕将来的漂泊。

只有母亲，她能知道我不敢告诉她的事！一天我早晨梳头，掉了好些头发，母亲忽然想起什么似的，问我这样一句说："你在外边莫有生病吗？为什么你脸色黄瘦而且又掉头发呢？"素心！母亲是照见我的肺腑了，我不敢回答她，装着叫嫂嫂梳头，跑在她房里去流泪。

这几天一到正午就下雨，鱼缸里的莲花特别鲜艳，碧绿的荷叶上，银珠一粒粒的乱滚；小侄女说那是些"大珠小珠落玉盘"。家庭自有家庭的乐趣，每到下午六七点钟，灿烂的夕阳，美丽的晚霞，挂照在罩着烟云的山峰时，我陪着父亲上楼瞭望这起伏高低的山城，在一片清翠的树林里掩映着天宁寺的双塔，阳春楼上的钟声，断断续续布满了全城；可惜我不是诗人，不是画家，在这处处都是自然，处处都寓天机的环境里，我惭愧了！

你问到我天辛的消息时，我心里似乎埋伏着将来不可深测的隐痛，

第三章　家是永远的港湾

这是一个恶运,常觉着我宛如一个狰狞的鬼灵,掏了一个人的心,偷偷地走了。素心!我那里能有勇气再说我们可怜的遭逢呵!十二日那晚上我接到天辛由上海寄我的信,长极了,整整的写了二十张白纸,他是双挂号寄来的。这封信里说他回了家的胜利,和已经粉碎了他的桎梏的好消息;他自然很欣慰地告诉我,但是我看到时,觉他可怜得更厉害,从此后他真的孤身只影流落天涯,连这个礼教上应该敬爱的人都莫有了。他终久是空虚,他终久是失望,那富艳如春花的梦,只是心上的一刹那;素心!我眼睁睁看着他要朦胧中走入死湖,我怎不伤心?为了我忠诚的朋友。但是我绝无法挽救,在灿烂的繁星中,只有一颗星是他的生命,但是这颗星确是永久照耀着这沉寂的死湖。因此我朝夕绞思,虽在这温暖的母怀里有时感到世界的凄冷。自接了他这封长信后,更觉着这个恶运是绝不能幸免的;而深重的隐恨压伏在我心上一天比一天悲惨!但是素心呵!我绝无勇气揭破这轻翳的幕,使他知道他寻觅的世界是这样凄惨,淡粉的翼纱下,笼罩的不是美丽的蔷薇,确是一个早已腐枯了的少女尸骸!

有一夜母亲他们都睡了,我悄悄踱到前院的葡萄架下,那时天空辽阔清净像无波的海面,一轮明月晶莹地照着;我在这幸福的园里,幻想着一切未来的恶梦。后来我伏在一棵杨柳树上,觉着花影动了,轻轻地有脚步声走来,吓了我一跳。细看原来是嫂嫂,她伏着我的肩说:"妹妹你不睡,在这里干吗?近来我觉着你似乎常在沉思,你到底为了什么呢?亲爱的妹妹!你告诉我?"禁不住的悲哀,像水龙一样喷发出来,索性抱着她哭起来;那夜我们莫有睡,两个人默默坐到天明。

回忆是一种重逢

　　家里的幸福有时也真有趣！告诉你一个笑话：家中有一个粗使的女仆，她五十多岁了！每当我们沉默或笑谈时，她总穿插其间，因之，嫂嫂送她绰号叫刘姥姥，昨天晚上母亲送她一件紫色芙蓉纱的褂子，是二十年前的古董货了。她马上穿上在院子里手舞足蹈地跳起来。我们都笑了，小侄女昆林，她抱住了我笑得流出泪来，母亲在房里也被我们笑出来了，后来父亲回来，她才跳到房里，但是父亲也禁不住笑了！在这样浓厚的欣慰中，有时我是可以忘掉一切的烦闷。

　　大概八月十号以前可以回京，我见你们时，我又要离开母亲了，素心！在这醺醉中的我，真不敢想到今天以后的事情！母亲今天去了外祖母家，清寂里我写这封长信给你，并祝福你！

墓畔哀歌 [1]

石评梅

一

我由冬的残梦里惊醒，春正吻着我的睡靥低吟！晨曦照上了窗纱，望见往日令我醺醉的朝霞，我想让丹彩的云流，再认认我当年的颜色。

披上那件绣着蛱蝶的衣裳，姗姗地走到尘网封锁的妆台旁。呵！明镜里照见我憔悴的枯颜，像一朵颤动在风雨中苍白凋零的梨花。

我爱，我原想追回那美丽的皎容，祭献在你碧草如茵的墓旁，谁知道青春的残蕾已和你一同殉葬。

---

[1] 本文是石评梅写给一生挚爱的知己高君宇的散文。高君宇（1896—1925），山西静乐人，中共早期著名的政治活动家、理论家，中共北方党团组织的主要负责人和山西党团组织的创始人。1916年考入北京大学地质系，是李大钊的学生和助手。1925年3月5日在北京病逝，时年29岁。

二

假如我的眼泪真凝成一粒一粒珍珠,到如今我已替你缀织成绕你玉颈的围巾。

假如我的相思真化作一颗一颗的红豆,到如今我已替你堆集永久勿忘的爱心。

哀愁深埋在我心头。

我愿燃烧我的肉身化成灰烬,我愿放浪我的热情怒涛汹涌,天呵!这蛇似的蜿蜒、蚕似的缠绵,就这样悄悄地偷去了我生命的青焰。

我爱,我吻遍了你墓头青草在日落黄昏;我祷告,就是空幻的梦吧,也让我再见见你的英魂。

三

明知道人生的尽头便是死的故乡,我将来也是一座孤冢,衰草斜阳。有一天呵!我离开繁华的人寰,悄悄入葬。这悲艳的爱情一样是烟消云散,昙花一现,梦醒后飞落在心间的都是些残泪点点。

然而我不能把记忆毁灭,把埋我心墟的残骸抛却,只求我能永久徘徊在这垒垒荒冢之间,为了看守你的墓茔,祭献那茉莉花环。

我爱,你知否我无言的忧衷,怀想着往日轻盈之梦。梦中我低低唤着你小名,醒来只是深夜长空有孤雁哀鸣!

四

  黯淡的天幕下，没有明月也无星光，这宇宙像数千年的古墓；皑皑白骨上，飞动闪映着惨绿的磷花。我匍匐哀泣于此残锈的铁栏之旁，愿烘我愤怒的心火，烧毁这黑暗丑恶的地狱之网。

  命运的魔鬼有意捉弄我弱小的灵魂，罚我在冰雪寒天中，寻觅那凋零了的碎梦。求上帝饶恕我，不要再摧害我这仅有的生命，剩得此残躯在，容我杀死那狰恶的敌人！

  我爱，纵然宇宙变成烬余的战场，野烟都腥：在你给我的甜梦里，我心长系驻于虹桥之中，赞美永生！

五

  我整天踟蹰于垒垒荒冢，看遍了春花秋月不同的风景，抛弃了一切名利虚荣，来到此无人烟的旷野，哀吟缓行。我登了高岭，向云天苍茫的西方招魂，在绚烂的彩霞里，望见了我沉落的希望之陨星。

  远处是烟雾冲天的古城，火星似金箭向四方飞游！隐约地听见刀枪搏击之声，那狂热的欢呼令人震惊！在碧草萋萋的墓头，我举起了胜利的金觥，饮吧我爱，我奠祭你静寂无言的孤冢！

  星月满天时，我把你遗我的宝剑纤手轻擎，宣誓向长空：愿此生永埋了英雄儿女的热情。

回忆是一种重逢

六

假如人生只是虚幻的梦影,那我这些可爱的映影,便是你赠予我的全生命。我常觉你在我身后的树林里,骑着马轻轻地走过去。常觉你停息在我的窗前,徘徊着等我的影消灯熄。常觉你随着我唤你的声音悄悄走近了我,又含泪退到了墙角。常觉你站在我低垂的雪帐外,哀哀地对月光而叹息!

在人海尘途中,偶然逢见个像你的人,我停步凝视后,这颗心呵!便如秋风横扫落叶般冷森凄零!我默思我已经得到爱的之心,如今只是荒草夕阳下,一座静寂无语的孤冢。

我的心是深夜梦里,寒光闪灼的残月,我的情是青碧冷静,永不再流的湖水。残月照着你的墓碑,湖水环绕着你的坟,我爱,这是我的梦,也是你的梦,安息吧,敬爱的灵魂!

七

我自从混迹到尘世间,便忘却了我自己;在你的灵魂我才知是谁?

记得也是这样夜里。我们在河堤的柳丝中走过来,走过去。我们无语,心海的波浪也只有月儿能领会。你倚在树上望明月沉思,我枕在你胸前听你的呼吸。抬头看见黑翼飞来掩遮住月儿的清光,你抖颤着问我:假如这苍黑的翼是我们的命运时,应该怎样?

第三章　家是永远的港湾

我认识了欢乐，也随来了悲哀，接受了你的热情，同时也随来了冷酷的秋风。往日，我怕恶魔的眼睛凶，白牙如利刃；我总是藏伏在你的腋下趑趄不敢进，你一手执宝剑，一手扶着我践踏着荆棘的途径，投奔那如花的前程！

如今，这道上还留着你斑斑血痕。恶魔的眼睛和牙齿再是那样凶狠，但是我爱，你不要怕我孤零，我愿用这一纤细的弱玉腕，建设那如意的梦境。

八

春来了，催开桃蕾又飘到柳梢，这般温柔慵懒的天气真使人恼！她似乎躲在我眼底有意缭绕，一阵阵风翼，吹起了我灵海深处的波涛。

这世界已换上了装束，如少女般那样娇娆，她披拖着浅绿的轻纱，蹁跹在她那姹紫嫣红中舞蹈。伫立于白杨下，我心如捣，强睁开模糊的泪眼，细认你墓头，萋萋芳草。

满腔心酸与谁道！愿此恨吐向青天将天地包。它纠结围绕着我的心，像一堆枯黄的蔓草，我爱，我待你用宝剑来挥扫，我待你用火花来焚烧。

九

垒垒荒冢上，火光熊熊，纸灰缭绕，清明到了。这是碧草绿水的春郊。墓畔有白发老翁，有红颜年少，向这一抔黄土致不尽的怀忆和哀悼，云天苍茫处我将魂招；白杨萧条，暮鸦声声，怕孤魂归路迢迢。

逝去了，欢乐的好梦，不能随墓草而复生，明朝此日，谁知天涯何处寄此身？叹漂泊我已如落花浮萍，且高歌，且痛饮，拼一醉烧熄此心头余情。

我爱，这一杯苦酒细细斟，邀残月与孤星和泪共饮，不管黄昏，不论夜深，醉卧在你墓碑旁，任霜露侵凌吧！

我再不醒。

儿女

朱自清

我现在已是五个儿女的父亲了。想起圣陶喜欢用的"蜗牛背了壳"的比喻，便觉得不自在。新近一位亲戚嘲笑我说，"要剥层皮呢！"更有些悚然了。十年前刚结婚的时候，在胡适之先生的《藏晖室札记》里，见过一条，说世界上有许多伟大的人物是不结婚的；文中并引培根的话，"有妻子者，其命定矣。"当时确吃了一惊，仿佛梦醒一般；但是家里已是不由分说给娶了媳妇，又有甚么可说？现在是一个媳妇，跟着来了五个孩子；两个肩头上，加上这么重一副担子，真不知怎样走才好。"命定"是不用说了；从孩子们那一面说，他们该怎样长大，也正是可以忧虑的事。我是个彻头彻尾自私的人，做丈夫已是勉强，做父亲更是不成。自然，"子孙崇拜""儿童本位"的哲理或伦理，我也有些知道；既做着父亲，闭了眼抹杀孩子们的权利，知道是不行的。可惜这只是理论，实际上我是仍旧按照古老的传统，在野蛮地对付着，和普通的父亲一样。近来差不多是中年的人了，才渐渐觉得自己的残酷；想着孩子们受过的体罚和叱责，始终不能辩解——像抚摩着旧创痕那样，我的心酸溜溜的。有一回，读了有岛武郎《与幼小者》的译文，对了那种伟大的，沉挚的态度，我竟流下泪来了。去年父亲来信，问起阿九，那时阿九还在白马湖呢；信上说，"我没有耽误你，你也不要耽误他才好。"我为这句话哭了一场；我为什么不像父亲的仁慈？我不该忘记，父亲怎样待我们来着！人性许真是二元的，我是这样地矛盾；我的心像钟摆似的来去。

你读过鲁迅先生的《幸福的家庭》么？我的便是那一类的"幸福的家庭"！每天午饭和晚饭，就如两次潮水一般。先是孩子们你来他去地在厨房与饭间里查看，一面催我或妻发"开饭"的命令。急促繁碎的脚步，夹着笑和嚷，一阵阵袭来，直到命令发出为止。他们一递一个地跑着喊着，将命令传给厨房里用人；便立刻抢着回来搬凳子。于是这个说，"我坐这儿！"那个说，"大哥不让我！"大哥却说，"小妹打我！"我给他们调解，说好话。但是他们有时候很固执，我有时候也不耐烦，这便用着叱责了；叱责还不行，不由自主地，我的沉重的手掌便到他们身上了。于是哭的哭，坐的坐，局面才算定了。接着可又你要大碗，他要小碗，你说红筷子好，他说黑筷子好；这个要干饭，那个要稀饭，要茶要汤，要鱼要肉，要豆腐，要萝卜；你说他菜多，他说你菜好。妻是照例安慰着他们，但这显然是太迂缓了。我是个暴躁的人，怎么等得及？不用说，用老法子将他们立刻征服了；虽然有哭的，不久也就抹着泪捧起碗。吃完了，纷纷爬下凳子，桌上是饭粒呀，汤汁呀，骨头呀，渣滓呀，加上纵横的筷子，欹斜的匙子，就如一块花花绿绿的地图模型。吃饭而外，他们的大事便是游戏，游戏时，大的有大主意，小的有小主意，

第三章　家是永远的港湾

各自坚持不下,于是争执起来;或者大的欺负了小的,或者小的竟欺负了大的,被欺负的哭着嚷着,到我或妻的面前诉苦;我大抵仍旧要用老法子来判断的,但不理的时候也有。最为难的,是争夺玩具的时候:这一个的与那一个的是同样的东西,却偏要那一个的;而那一个便偏不答应。在这种情形之下,不论如何,终于是非哭了不可的。这些事件自然不至于天天全有,但大致总有好些起。我若坐在家里看书或写什么东西,管保一点钟里要分几回心,或站起来一两次的。若是雨天或礼拜日,孩子们在家的多,那么,摊开书竟看不下一行,提起笔也写不出一个字的事,也有过的。我常和妻说,"我们家真是成日的千军万马呀!"有时是不但"成日",连夜里也有兵马在进行着,在有吃乳或生病的孩子的时候!

我结婚那一年,才十九岁。二十一岁,有了阿九;二十三岁,又有了阿菜。那时我正像一匹野马,那能容忍这些累赘的鞍鞯,辔头,和缰绳?摆脱也知是不行的,但不自觉地时时在摆脱着。现在回想起来,那些日子,真苦了这两个孩子;真是难以宽宥的种种暴行呢!阿九才两岁半的样子,我们住在杭州的学校里。不知怎地,这孩子特别爱哭,又特别怕生人。一不见了母亲,或来了客,就哇哇地哭起来了。学校里住着许多人,我不能让他扰着他们,而客人也总是常有的;我懊恼极了,有一回,特地骗出了妻,关了门,将他按在地下打了一顿。这件事,妻到现在说起来,还觉得有些不忍;她说我的手太辣了,到底还是两岁半的孩子!我近年常想着那时的光景,也觉黯然。阿菜在台州,那是更小了;才过了周岁,还不大会走路。也是为了缠着母亲的缘故吧,我将她紧紧地按在墙角里,直哭喊了三四分钟;因此生了好几天病。妻说,那时真寒心呢！但我的苦痛也是真的。我曾给圣陶写信，说孩子们的折磨，实在无法奈何；有时竟觉着还是自杀的好。这虽是气愤的话，但这样的心情，确也有过的。后来孩子是多起来了，磨折也磨折得久了，少年的锋棱渐渐地钝起来了；加以增长的年岁增长了理性的裁制力，我能够忍耐了——觉得从前真是一个"不成材的父亲"，如我给另一个朋友信里所说。但我的孩子们在幼小时，确比别人的特别不安静，我至今还觉如此。我想这大约还是由于我们抚育不得法；从前只一味地责备孩子，让他们代我们负起责任，却未免是可耻的残酷了！

正面意义的"幸福"，其实也未尝没有。正如谁所说，小的总是可爱，孩子们的小模样，小心眼儿，确有些教人舍不得的。阿毛现在五个月了，你用手指去拨弄她的下巴，或向她做趣脸，她便会张开没牙的嘴格格地笑，笑得像一朵正开的花。她不愿在屋里待着；待久了，便大声儿嚷。妻常说，"姑娘又要出去溜达了。"她说她像鸟儿般，每天总得到外面溜一些时候。闰儿上个月刚过了三岁，笨得很，话还没有学好呢。他只能说三四个字的短语或句子，文法错误，发音模糊，又得费气力说出；我们老是要笑他的。他说"好"字，总变成"小"字；问他"好不好？"他便说"小"，或"不小"。我们常常逗着他说这个字玩儿；他似乎有些觉得，近来偶然也能说出正确的"好"字了——特别在我们故意说成"小"字的时候。他有一只搪瓷碗，是一毛来钱买的；买来时，老妈子教给他，"这是一毛钱。"他便记住"一毛"两个字，管那只碗叫"一毛"，有时竟省称为"毛"。这在新来的老妈子，是必需翻译了才懂的。他不好意思，或见着生客时，便咧着嘴痴笑；我们常用了土话，叫他做

"呆瓜"。他是个小胖子,短短的腿,走起路来,蹒跚可笑;若快走或跑,便更"好看"了。他有时学我,将两手叠在背后,一摇一摆的;那是他自己和我们都要乐的。他的大姊便是阿菜,已是七岁多了,在小学校里念着书。在饭桌上,一定得啰啰唆唆地报告些同学或他们父母的事情;气喘喘地说着,不管你爱听不爱听。说完了总问我:"爸爸认识么?""爸爸知道么?"妻常禁止她吃饭时说话,所以她总是问我。她的问题真多:看电影便问电影里的是不是人?是不是真人?怎么不说话?看照相也是一样。不知谁告诉她,兵是要打人的。她回来便问,兵是人么?为什么打人?近来大约听了先生的话,回来又问张作霖的兵是帮谁的?蒋介石的兵是不是帮我们的?诸如此类的问题,每天短不了,常常闹得我不知怎样答才行。她和闰儿在一处玩儿,一大一小,不很合适,老是吵着哭着。但合适的时候也有:譬如这个往床底下躲,那个便钻进去追着;这个钻出来,那个也跟着——从这个床到那个床,只听见笑着,嚷着,喘着,真如妻所说,像小狗似的。现在在京的,便只有这三个孩子;阿九和转儿是去年北来时,让母亲暂时带回扬州去了。

阿九是欢喜书的孩子。他爱看《水浒》《西游记》《三侠五义》《小朋友》等;没有事便捧着书坐着或躺着看。只不欢喜《红楼梦》,说是没有味儿。是的,《红楼梦》的味儿,一个十岁的孩子,哪里能领略呢?去年我们事实上只能带两个孩子来;因为他大些,而转儿是一直跟着祖母的,便在上海将他俩丢下。我清清楚楚记得那分别的一个早上。我领着阿九从二洋泾桥的旅馆出来,送他到母亲和转儿住着的亲戚家去。妻嘱咐说,"买点吃的给他们吧。"我们走过四马路,到一家茶食铺里。阿九说要熏鱼，我给买了；又买了饼干，是给转儿的。便乘电车到海宁路。下车时，看着他的害怕与累赘，很觉恻然。到亲戚家，因为就要回旅馆收拾上船，只说了一两句话便出来；转儿望望我，没说什么，阿九是和祖母说什么去了。我回头看了他们一眼，硬着头皮走了。后来妻告诉我，阿九背地里向她说："我知道爸爸欢喜小妹，不带我上北京去。"其实这是冤枉的。他又曾和我们说，"暑假时一定来接我啊！"我们当时答应着；但现在已是第二个暑假了，他们还在迢迢的扬州待着。他们是恨着我们呢？还是惦着我们呢？妻是一年来老放不下这两个，常常独自暗中流泪；但我有什么法子呢！想到"只为家贫成聚散"一句无名的诗，不禁有些凄然。转儿与我较生疏些。但去年离开白马湖时，她也曾用了生硬的扬州话（那时她还没有到过扬州呢），和那特别尖的小嗓子向着我："我要到北京去。"她晓得什么北京，只跟着大孩子们说罢了；但当时听着，现在想着的我，却真是抱歉呢。这兄妹俩离开我，原是常事，离开母亲，虽也有过一回，这回可是太长了；小小的心儿，知道是怎样忍耐那寂寞来着！

我的朋友大概都是爱孩子的。少谷有一回写信责备我，说儿女的吵闹，也是很有趣的，何至可厌到如我所说；他说他真不解。子恺为他家华瞻写的文章，真是"蔼然仁者之言"。圣陶也常常为孩子操心：小学毕业了，到什么中学好呢？——这样的话，他和我说过两三回了。我对他们只有惭愧！可是近来我也渐渐觉着自己的责任。我想，第一该将孩子们团聚起来，其次便该给他们些力量。我亲眼见过一个爱儿女的人，因为不曾好好地教育他们，便将他们荒废了。他并不是溺爱，只是没有耐心去料理他们，他们便不能成材了。我想我若照现在这样下去，孩子们也便危险了。我得计划着,让他们渐渐知道怎样去做人才行。但是要不要他们像我自己呢?这一层,我在白马湖教初中学生时,也曾从师生的立场上问过丏尊,他毫不踌躇地说,"自然啰。"近来与平伯谈起教子,他却答得妙,"总不希望比自己坏啰。"是的,只要不"比自己坏"就行,"像"不"像"倒是不在乎的。职业,人生观等,还是由他们自己去定的好;自己顶可贵,只要指导,帮助他们去发展自己,便是极贤明的办法。

予同说,"我们得让子女在大学毕了业,才算尽了责任。"SK 说,"不然,要看我们的经济,他们的材质与志愿;若是中学毕了业,不能或不愿升学,便去做别的事,譬如做工人吧,那也并非不行的。"自然,人的好坏与成败,也不尽靠学校教育;说是非大学毕业不可,也许只是我们的偏见。在这件事上,我现在毫不能有一定的主意;特别是这个变动不居的时代,知道将来怎样?好在孩子们还小,将来的事且等将来吧。目前所能做的,只是培养他们基本的力量——胸襟与眼光;孩子们还是孩子们,自然说不上高的远的,慢慢从近处小处下手便了。这自然也只能先按照我自己的样子:"神而明之,存乎其人。"光辉也罢,倒霉也罢,平凡也罢,让他们各尽各的力去。我只希望如我所想的,从此好好地做一回父亲,便自称心满意。——想到那"狂人""救救孩子"的呼声,我怎敢不悚然自勉呢?

1928 年 6 月 24 日

作了父亲

//
谢六逸

"抱着小西瓜上下楼梯","小手在打拳了",妻怀孕到第八个月时,我们常常这样说笑。妻以喜悦的心情,每日织着小绒线衣,她对于第一个婴儿的出产,虽不免疑惧,但一想到不久摇篮里将有一个胖而白的乖乖,她的母性的爱是很能克制那疑惧的。有时做活计太久了,她从疲倦里,也曾低微地叹息,朝着我苦笑。除此之外,她不因身体的累赘,而有什么不平。在我是第一次做父亲,对于生产这事,脑里时时涌现出奇异的幻想,交杂着恐怖与怜惜。将来妻临盆时,这小小的家庭,没有一个年老的人足以托靠,母亲远在千里,岳母又不住在一处,我越想越害怕,怕那挣扎与呻吟的声音。不出两个月,那新鲜的生命,将从小小的土地里迸裂出来,妻将受着有生以来的剧痛,使我暗中流泪。我在妻的怀孕时期的前半,为了工作的关系,曾离开了家,在旅中唯一的安慰妻的法术,就是像新闻特派员似的写了长篇通信寄回。写信时像写小说一样地描写着,写满了近十页的稿纸,意思是使她接着我的一封信,可以

第三章　家是永远的港湾

慢慢地看过半天或一天。忖度那信要看完时，接着又写第二封信寄去。过了两个礼拜，我必借故跑回家来一次。到妻怀孕的第七个月时，我索性硬着头皮辞职回家来了。回来以后，我搜集了不少的关于妊娠知识的外国文书籍，例如《孕妇的知识》《初产的心得》之类。依照书里的指示，对妻唠叨着必须这么那么的。我怕妻不肯相信我这临时医生的话，要说什么时必定先提一句"书里说的……"，"书里说的……要用一块布来包着肚皮"，"书里说的……"，这样可以使妻不至于提出异议。后来说多了，我的话还没有出口，妻就抢先说，"又是书里说的么？"我们是常常说笑，并且希望肚里的是一个女孩子，但是我暗中仍是异常的感伤，我的恐怖似乎比妻厉害些。我每天默念着，希望妻能够安产，小孩不管怎样都行。真是"日月如梭"，到了十月二十六日（一九二七年）的上午四时，天还没有亮，我听着妻叫看护妇的声音，我醒了。她对我说，有了生产的征候。我的心跳着，赶快到岳母家里去。这时街上的空气很清新，女工三三两两的谈笑走着，卖蔬菜的行贩正结队赶路，但我犹如在山中追逐鹿子的猎人，无心瞻望四围的景色。我通知了岳母，又去请以前约定好了的医生。回到家里，阵痛还没有开始。过了一刻，医生来了，据说最快还须等到今天夜里，并吩咐不要性急。下午三时以后，"阵痛"攻击我的妻了，大约是十分钟一次。我跑去打了五次电话，跑得满头是汗。唉唉，这是劳康（Lacon[①]）的苦闷的一声了。妻自幼是养育在富裕的家庭里，但自从随着我含辛茹苦之后，一切劳作苦痛都习惯了。她的腹部虽是剧痛，她却撑持着下床步行，不愿呻吟一声。岳母用言语安慰她，我

[①] 劳康：人名。

回忆是一种重逢

只有坐在房后的浴室流着泪。这一夜医生宿在家里，等候到翌日的下午五时，妻舍弃了无可衡量的血液与精神，为这条小小的生命苦斗着，经验了有生以来的神圣的灾难，于是我们有了一向希望着的女孩子了。"人生恋爱多忧患，不恋爱亦忧患多"，是一点不差的。我们的静寂的家庭，自此以后，增加了新鲜的力量，同时，使我们手忙脚乱起来。最苦的是母亲，日夜忙着哺乳，一会儿褓褓，一会儿洗浴。又因为素性酷爱清洁，卧在床上也得指点女佣洒扫；又须顾虑着每日的饮食。弥月以后，肌肉脱落了不少，以前的衣服，穿在身上，宽松了许多；脸上泛着的红色，只有在浴后才可以得见。在这时，我最怕看我妻的后影。妻的专长是钢琴（piano）和英语，出了学校，对于自己所学的，没有放弃，现在可不行了。那些 *Maiden's Player*[①], *Lohengrin*[②] 的调子是没有多弹奏的余裕了。我本来也想使自己的日常生活近于理想一点，就是起床、运动、思考、读书、著述、散步的生活，但是孩子来了，一切的理想都被打碎了。我们的实际生活，不能不随着改变了。每天非听啼声不可，非忍受着一切麻烦的琐事不可了。女孩子是有了，可是还没有名字，照着通例，总是叫她做毛头（头发是那么的黑而长），但妻说照这样叫下去不行，必须请祖母给她题一个名字。我赶快写信去禀告在家乡的母亲。过了许久，便接着了母亲亲笔写成的回信，信里附着一张长方形的红纸，用工楷的字体，写着几行字，上面是"祖母年近六旬为孙女题字，乳名宝珠，学名开志。"在旁边注着两行小字，是"吾家字派为二十字：天光开庆典，祖

---

① *Maiden's Player*：《少女的祈祷》，钢琴曲曲名。

② *Lohengrin*：《罗汉格林》，瓦格纳的歌剧剧名。

第三章 家是永远的港湾

荫永新昭，学士经书裕，名家信义超。"这些尊重家名的传统习俗，我是忘记得干干净净了，可是我还记得这是祖父在日所规定的，足敷二十代人之用。我的父亲是"天"字一辈，我是"光"字，所以祖母替孙女起名，一定要有一个"开"字的。我们接到祖母的信时，十分的欢喜感激。并且这个名字，我们是很中意。别人为女孩子起名，多喜欢用"淑""芬""贞""兰"等含有分辨性别的字，"开志"这个名称，看不出有故意区分性别之意，所以我们很欢喜。有了名字，可是我们已经叫惯她做毛毛或是宝宝了，"开志"的名称，不过是偶然一用。宝宝到了第七个月时，真是可爱，她的面貌的轮廓渐渐清晰起来了。细长而弯的眉毛，漆黑的眼珠，修而柔的眼毛，还有鼻子，像她的母亲；嘴的轮廓，肤色，笑窝像父亲。志贺直哉氏在《到网走去》一篇小说里，说孩子能将不同的父母的相貌，融合为一，觉得惊奇，在我也有同感。到了第十三个月，因为奶妈的奶不足，我们便替她离了乳，到了今天，她的年岁是整整的三十七个月了。这期间，她会开口叫妈妈，叫阿爸，她会讲许多话，会唱几首歌，我写这篇短文时，她是在我的身旁聒噪了。宝宝的笑声啼声就是我们的"神"，我们的宗教。她的睡颜，她的唇、颊、头发、小手，使我们感到这是"智慧"的神。她有许多玩具，满满的装在小竹箱里。我们的家距淞沪火车路线很近，她看惯了火车的奔驰，听惯了火车的笛声，火车变成了她的崇拜物。在我的观察，她以为火车是最神奇的东西，为什么跑得这么快，为什么头上有两只大眼睛，为什么会发怒似的叫号。她崇拜火车，爱慕火车。崇拜爱慕的结果，把我的书从书架上搬下来，选出厚而且巨的，如大字典之类做火车头，其他的小型的书当车身，苹果两个权作火车眼睛。在许多玩具之中，她顶喜欢的是"车"的一类，她有了三轮的脚踏车，小汽车，装糖果的小电车，日本人做的人力车的模型，独轮车的模型。除了玩具，她最喜欢模仿父亲看书或看报。画报是她的爱人，尤其是东京《读卖新闻》附刊的漫画。她一个人睡在藤椅上，成一个"大"字形，两手举起报纸，嘴里叽哩咕噜，不知念些什么，看去她是十分的欢喜。在最近，她每天对母亲唠叨着说，"毛毛长长大大（杜杜）了，好去读书了。"她有了幼稚园读本，有了儿童画报，有了不碎石板和石笔，这些东西安放的位置，偶然被女佣移动一下，她就大声地叫喊。宝宝又爱散步，在秋天，总是每天两次，由我牵着小手到公园去，天寒了，午饭后，领着在林木道旁闲踱着，她的嘴里温着歌，路上散着黄色的落叶，月光从树梢筛在地上，一个大黑影和一个小黑影一高一低的彳亍着，于是我觉得这里也有"人生"。宝宝自己有她的歌，在二十五个月以后，便自作自唱起来。她的歌，我多记在日记里。例如："呜呜呜呜火车，叮当叮当电车。"（在我们的屋后，有火车走过。她与火车最熟。有一天同母亲到百货店里去了回来，便独语似的念出这两句。）"鸟鸟飞，鸟鸟飞，鸟鸟飞飞。"（到外祖母家去，见小娘舅养着的金丝雀逃走了，回来便这么唱。）"洋团团是要困困了，毛毛唱唱侬。"（母亲唱歌催她睡觉，她照样去催眠洋团团。）到了今年（1930年），宝宝的智慧又进一步了。夏天买了叫叫虫来，挂在树枝上，一连几天都没有叫，我们说这叫叫虫不会开叫了。宝宝听了就唱道，"叫叫虫，不会叫，买得来，啥用场。"见了木匠来家里修门，唱的是，"木匠师傅交关好，是我好朋友；做出物事交关好，是我好朋友。"夜里睡觉时，脱了衣

第三章　家是永远的港湾

服，口里念着，"耶稣慈悲，牧师听我，夜里保护我困觉，亚门！"（这是母亲教的，但无什么宗教的意味。有时白昼也大声的唱着，自己拍着小手。）宝宝的智慧是一天比一天增进了，这使我们担心着将来的教育问题。在我个人，是怀疑国内的一切学校教育的，宝宝现在是三十七个月了。附近虽有幼稚园，经我们来参观以后，便不放心送她进去。将来长大时，在上海地方，我们也不曾知道哪一所女子中学是优良的。听人说，甚至于有借办女子学校为名，而与政客官僚结纳，替他们介绍一两个女学生，因此募款自肥的。教会办的女子学校更不行，平时拿"耶稣"来骗人，记得几句死板板的英语。他们的宗旨不外是想培养"名媛"，预备在"时装展览会"里，穿上所谓"时装"，替富商大贾们做"衣架子"（比以 man-nequin girl① 为职业的还要无自觉）。继而他们的芳容在上海的乌七八糟的"画报"上登载出来，大概就会有达官贵人，欧美博士之流来跪着求婚的。接着就是举行"文明结婚"仪式，请"局长""要人"们来证婚，来宾有千人之众。汽车，金刚石，锦绣断送了一生。在教会女学毕业出来的人，大多数以这条"出路"为她们的最高的理想。上海的女子教育，我是根本地摈斥的。再说，像我们这一阶级的人，能否供应一个女孩子多念几年书，也没有把握。所以我们对于自己的女孩子的教育计划，是想由我们自己的力量，将她培养成为一个"自由人"，成为一个强健耐劳的女性。我们想就孩子的年龄（四岁到二十五岁），分做五个教育时期。按期把识字、写字（毛笔与钢笔）、儿歌、童话、儿童剧、运动（特别注重）、作文、散文、小说、诗歌、数学、阅报、自然科学与社会

----
① man-nequin girl：女模特。

回忆是一种重逢

科学的常识、历史地理的知识、筋肉劳动（特别注重）、各国革命史、人类劳动史、外国语言文字、专门技能的学习（特别注重，但以筋肉劳动者为限，使她能在农村或工厂生活）等等教她。过了二十五年，她可以到社会的旋涡里去冲击了，假使我有一天能够脱离这 salary man① 的生活，也许我还能做一个打铁的工人。到了那时，我更能将我的手腕磨炼得粗厚些。靠着我的双腕，使我们的宝宝在精神和肉体两方面都健全地养育起来，让她做一个"自由人"，做一个"勇者"，我们的宝宝呀！

1929年2月

---

① salary man：领薪人员。

第四章

珍惜生命中的美好

书房的窗子

杨振声

说也可怜,八年抗战①归来,卧房都租不到一间,何言书房,既无书房,又何从说到书房的窗子!

唉,先生,你别见笑,叫花子连做梦都在想吃肉,正为没得,才想得厉害,我不但想到书房,连书房里每一角落,我都布置好。今天又想到了我那书房的窗子。

说起窗子,那真是人类穴居之后一点灵机的闪耀才发明了它。它给你清风与明月,它给你晴日与碧空,它给你山光与水色,它给你安安静静地坐窗前,欣赏着宇宙的一切,一句话,它打通你与天然的界限。

但窗子的功用,虽是到处一样,而窗子的方向,却有各人的嗜好不同。陆放翁的"一窗晴日写黄庭",大概指的是南窗,我不反对南窗的光朗与健康,特别在北方的冬天,南窗放进满屋的晴日,你随便拿一本书坐在窗下取暖,书页上的诗句全浸润在金色的光浪中,你书桌旁若有一

---

① 1937年7月7日(卢沟桥事变)至1945年8月15日(日本投降)的全面抗日战争阶段。

盆腊梅那就更好——以前在北平只值几毛钱一盆,高三四尺者亦不过一两元,腊梅比红梅色雅而秀清,价钱并不比红梅贵多少。那么,就算有一盆腊梅罢。腊梅在阳光的照耀下荡漾着芬芳,把几枝疏脱的影子漫画在新洒扫的蓝砖地上,如漆墨画。天知道,那是一种清居的享受。

东窗的初红里迎着朝暾,你起来开了格扇,放进一屋的清新。朝气洗涤了昨宵一梦的荒唐,使人精神清振,与宇宙万物一体更新。假使你窗外有一株古梅或是海棠,你可以看"朝日红妆";有海,你可以看"海日生残夜";一无所有,看朝霞的艳红,再不然,看想象中的邺宫,"晓日靓装千骑女,白樱桃下紫纶巾"。

"挂起西窗浪按天"这样的西窗,不独坡翁喜欢,我们谁都喜欢。然而西窗的风趣,正不止此,压山的红日徘徊于西窗之际,照出书房里一种透明的宁静。苍蝇的搓脚,微尘的轻游,都带些倦意了。人在一日的劳动后,带着微疲放下工作,舒适的坐下来吃一杯热茶,开窗西望,太阳已隐到山后了。田间小径上疏落的走着荷锄归来的农夫,隐约听到母牛哞哞的在唤着小犊同归。山色此时已由微红而深紫,而黝蓝。苍然暮色也渐渐笼上山脚的树林。西天上独有一缕镶着黄边的白云冉冉而行。

然而我独喜欢北窗。那就全是光的问题了。

说到光,我有一致偏向,就是不喜欢强烈的光而喜欢清淡的光,不喜欢敞开的光而喜欢隐约的光,不喜欢直接的光而喜欢反射的光,就拿日光来说罢,我不爱中午的骄阳,而爱"晨光之熹微"与落日的古红。纵使光度一样,也觉得一片平原的光海,总不及山阴水曲间光线的隐翳,或枝叶扶疏的树荫下光波的流动,至于返光更比直光来得委婉。"残夜水明楼",是那般的清虚可爱;而"明清照积雪"使你感到满目清晖。

不错,特别是雪的返光。在太阳下是那样霸道,而在月光下却又这般温柔。其实,雪光在阴阴天宇下,也满有风趣。特别是新雪的早晨,你一醒来全不知道昨宵降了一夜的雪,只看从纸窗透进满室的虚白,便与平时不同,那白中透出银色的清晖,温润而匀净,使屋子里平添一番恬静的滋味,披衣起床且不看雪,先掏开那尚未睡醒的炉子,那屋里顿然煦暖。然后再从容揭开窗帘一看,满目皓洁,庭前的枝枝都压垂到地角上了,望望天,还是阴阴的,那就准知道这一天你的屋子会比平常更幽静。

至于拿月光与日光比,我当然更喜欢月光,在月光下,人是那般隐藏,天宇是那般的素净。现实的世界退缩了,想象的世界放大了。我们想象的放大,不也就是我们人格的放大?放大到感染一切时,整个的世界也因而富有情思了。"疏影横斜水清浅,暗香浮动月黄昏"比之"晴雪梅花"更为空灵,更为生动;"无情有恨何人见,月晓风清欲坠时"比之"枝头春意"更富深情与幽思;而"宿妆残粉未明天,每立昭阳花树边"也比"水晶帘下看梳头"更动人怜惜之情。

这里不止是光度的问题,而是光度影响了态度。强烈的光使我们一切看得清楚,却不必使我们想得明透;使我们有行动的愉悦,却不必使我们有沉思的因缘;使我们像春草一般的向外发展,却不能使我们像夜合一般的向内收敛。强光太使我们与外物接近了,留不得一分想象的距离。而一切文艺的创造,决不是一些外界事物的推拢,而是事物经过个性的熔冶,范铸出来的作物。强烈的光与一切强有力的东西一样,它压迫我们的个性。

以此，我便爱上了北窗，南窗的光强，固不必说；说是东窗和西窗也不如北窗。北窗放进的光是那般清淡而隐约，反射而不直接，说到返光，当然便到了"窗子以外"了，我不敢想象窗外有什么明湖或青山的返光，那太奢望了。我只希望北窗外有一带古老的粉墙。你说古老的粉墙？一点不错。最低限度地要老到透出点微黄的颜色；假如可能，古墙上生几片清翠的石斑。这墙不要去窗太近，太近则逼窄，使人心狭；也不要太远，太远便不成为窗子屏风；去窗一丈五尺左右便好。如此古墙上的光辉反射在窗下的桌上，润泽而淡白，不带一分逼人的霸气。这种清光绝不会侵凌你的幽静，也不会扰乱你的运思。它与清晨太阳未出以前的天光，及太阳初下，夕露未滋，湖面上的水光同是一样的清幽。

假如，你嫌这样的光太朴素了些，那你就在墙边种上一行疏竹。有风，你可以欣赏它婆娑的舞容；有月，窗上迷离的竹影；有雨，它给你平添一番清凄；有雪，那素洁，有清劲，确是你清寂中的佳友。即使无月无风，无雨无雪，红日半墙，竹荫微动，掩映于你书桌上的清晖，泛出一片清翠，几纹波痕，那般的生动而空灵，你书桌上满写着清新的诗句，你坐在那儿。纵使不读书也"要得"。

人的启示

//

魏金枝

听说有个和尚，曾把一个小孩养在山里，预备收为徒弟。这个孩子，除了师父和他自己，从未见过别人，至于女人，当然从未见过。但有一天，山里忽然来了个女人，师父就把这女人指给孩子看，说是老虎，还会吃人的。这孩子自然也有些相信，然而他说，他虽相信老虎会吃人，可是他却也很有些想念老虎，觉得老虎很有可爱之处。可惜我不是这位孩子的师父，不能向这孩子问个清楚，为什么女人可爱？不然那答案定然很有兴趣，大可供生理或心理学家作为研究的资料，更可给一些道学家做参考。

然而有志者到底事竟成，今年的夏天，机会果然凑到我自己的面前来了。那时因为天气日渐炎热，顿在屋里气闷，便在夜饭以后，常携大的一个孩子到静安寺一带去散步。出门之前，总和孩子"约法三章"不许吵着买东西吃，而且为表示决绝起见，还把袋里的票子取出，先断了孩子买零食的念头。然而那时节，正是水果上市得最多，譬如橙黄的枇

第四章　珍惜生命中的美好

杷，紫红的杨梅，还有许多旁的五颜六色的水果，陈列在最容易看见的沿街上。而且，那些小贩们，一到日落西山，便又仿佛大兴"又是一日"之感似的，愿意倾销他们的货物，因此叫卖得最为起劲。而买客，也特别的多，大抵每一个回家的工作者，也都在这时想起了家，想起了家里的孩子，因此便或多或少的，总得带点家去。自然也有和我们一样，带着孩子出来散步的，买了水果，便一边走，一边高兴地吃着。

在这时节，孩子的脚步便迟缓下来了。虽然我们是"约法三章"过的，说定不许买零食，同时身边也不带钱，对于别人的买卖，毋庸留心，更毋庸去幻想，然而脚步到底是迟缓下来了。一迟缓下来，我便得依着走，或是把目标移到别处去，可是效力却小得可怜。那原因，我是知道的，我常把那目标移到远处去，那也可说，我把目标放在孩子所看不见的地方，而在她的近边，却有探手可得的目标。这怎么能济事呢？于是结果，她就常常在水果摊边顿下脚来，不说要买，只是眼睁睁的对着水果，或是看着别人吃食。这场面是很难堪的，我只得又用空幻的目标，哄着她走。

虽然走了，她到底还不能断然的放弃那目标。还是迟迟疑疑的挨延着。这时节，在我这做父亲的心上，固然蒙上一层薄薄的哀悲的烟雾，在她小小的心上，又何尝不是如此。有一天，当我们照例迟疑地离开时，她用那种不算撕破"约法"的态度指着身后的枇杷，旁敲侧击地问我了：

"那是什么呢？"

"那是？"我说，"那是吃了会药死人的！"

她扁扁嘴，她笑了。她说："枇杷！"

我装着呆,一边拖了她走。我说:"你怎么知道是枇杷呢?"

"枇杷,好吃的,别人在吃!"她提醒我。

"你怎么知道好吃呢?"

"她们吃着呢!"她指指前面。果然前面又是枇杷摊,而且正有人在吃。"别人吃着,别人不皱眉毛吓!吃药是要皱眉毛的,妈妈吃药也皱眉毛的。我也皱眉毛。"

是的,她在教训我了。她在提醒我这装着痴呆的父亲,同时也教我知道真理。——那真理,不一定要自己去经历过,人们所经历过的,也可作为自己宝贵的经验。因此又使我想起,那个从未见过女人的孩子,他或许还不会体验性的要求,而只是从面貌上认识那女人,正和他自己,是属于一个类型的动物,由他小小的心中,自觉地意识到这一类型的动物,并不怎样可怕。而且相反地,尤其是住在这寂寞的深山中,更觉得有和同一类型的动物,交谈接触的需求。也或许,当这一位取名为"老虎"的女人,走近他们的时候,那一位作为师父的老和尚,并未表示一种对于老虎的恐惧神气,且相反地非常高兴,曾和这一"老虎",娓娓不倦地谈笑过。这经历,便无条件被这孩子接受了。因此而觉得,虽是老虎,这不曾吃人的"老虎",到底有可以想念的价值了。

然而世上常有一类人,他们,或许是道学家,或许是政治家,也或许是综合前两者的独裁者,他们并不和我们这些羞为"人父"的一样,倒不是为了没钱,所以想省钱,倒是想有钱有势,或是更有钱有势,于是也用了我们(以自己的痛苦作为代价)的方法,作为满足自己私欲的手段,去蒙蔽一切想得到自由的奴隶,以对象而论,虽有不同,但其结果，到底一定相同，因为，此外我又得到一个证明了。

当许多盟国人从集中营出来时，一位熟人告诉我，他说许多从婴年起就被关进集中营的孩子，因为一向被指定在地板上，对于床的观念，非常模糊，不知道床和板，究竟有什么分别。在他们，以为所谓床，不过在地板上加了一些被头，如此而已。不知道床会有脚有架，又有什么弹簧和垫褥。在这样的情形下，似乎禁闭与封锁，真的可以把人们闷死，从二十世纪的文明时代，驱回到创世纪，又从创世纪驱回到原人时代，于是而变为无知无识的畜生，像猪仔一样，永远被圈禁在指定的栅栏中。他讲到这里，他的脸上被灰暗罩住了。在他以为，倘然联盟国这次真的被轴心国打败了，那么，他们就会从此被消灭，永远不能再称为"人"了。

为解除他这紧张的心情，于是我接着问他：

"在这些长远而郁闷的岁月中，难道就没有一些些你所认为可喜的事件么？"

他想了许多时光，他的脸上的灰暗，到底渐渐地消散了。他到底在许多不快的记忆里，给他沙里淘金般，淘出一些东西来了。

"倘然人类还有些可喜的地方，那就应该是人类爱好自由的本性了。"他黯然地笑着。在他瘦棱棱的颊上，这时飘上一丝粉红的血色。他举起右手的一只食指，在许多事件中，提出一个例子来。"那是你们应当见过的一件，当你们走过每一个集中营边，你们难道没见过许多只企慕的眼睛，从一切障碍物的隙缝里，敏锐地注视着外边么？那是谁的眼睛呢？"

"那是一切企慕自由的人！"我回答他。

"不！"他说，"在成人，那是被禁止的。只有一些幼小的孩子，有时倒可以这么做。在那些专制的恶魔,他们以为,这或许是一种惩罚,使那些失去自由的人,看一看自由,而仍不能得到它。这就是一种刑罚。然而,这其间,也使幼小的无知者知道,在这世界中,原有两种不同的人,而另一种又是他们所希冀着的,这不就下了种,和他们自己争斗的火种么?"

"那不是要将他们自己也绝灭了,才能把争自由的火种熄灭么?"另一个旁听者,沉思着,发问了。

是的,那是问得很中肯的。大家都点着头,谁都承认这一真理!

1945 年 12 月 24 日

春生屋角炉

张恨水

一日过上清寺，看到某大厦三层楼，铁炉子烟囱，四处钻出，几个北方同伴，不约而同地喊了一声久违久违。煤炉这东西在北方实在是没啥稀奇，过了农历十月初一，所有北平的住户，屋里都须装上煤炉。第一等的，自然是屋子里安上热气管，尽管干净，但也有人嫌那不够味。第二等就是铁皮煤炉，将烟囱支出窗户或墙角去。第三等是所谓"白炉子"，乃是黄泥糊的，外层涂着白粉，一个铁架子支着，里面烧煤球。烧煤球有许多技巧，这里不能细说。但唯一的条件，必须把煤球烧得红透了，才可以端进屋子，否则会把屋子里人熏死。每冬，巡警阁子里，都有解煤毒的药，预备市民随时取用，也可见中毒人之多。其实煤球烧红了，百分之百的保险，无奈那些懒而又怕冷的人，好在屋子里添煤，添完了就去睡暖炕，不中毒何待？

铁炉子是比较卫生而干净。战前，有白铜或景泰蓝装饰的，大号也不过十一二元。普通的三四号炉子，只要三四元。白铁片烟囱，二毛几一节，黑铁的一毛几一节，一间屋子有二三十节足矣。所以安一个炉子计，材料共需十元上下。小炉子每冬烧门头沟煤约一吨半，若日夜不停的烧，也只是两吨，每吨价约十元上下。所以一间屋子的设备，加上引火柴块，也只是二十元。若烧山西红煤，约加百分之五十的用费，那就很考究了。你说，于今在重庆惊为至宝，咱们往年在北平住着的人听说，不会笑掉牙吗？

煤炉不光是取暖，在冬天，真有个趣味。书房屋角里安上一个炉子，讲究一点，可以花六七元钱，用四块白铁皮将它围上，免得烤煳了墙壁。尽管玻璃窗外，西北风作老虎叫，雪花像棉絮团向下掉，而炉子烧上大半炉煤块，下面炉口呼呼地冒着红光，屋子内会像暮春天气，人只能穿一件薄丝棉袍或厚夹袍。若是你爱穿西装，那更好，法兰绒的或哔叽的，都可以支持。书房照例是大小有些盆景，秋海棠、梅花、金菊、碧桃、晚菊，甚至夏天的各种草本花，颠倒四季，在案头或茶几上开着。两毛钱一个的玻璃金鱼缸，红的鱼，绿的草，放在案头，一般的供你一些活泼生机。

我是个有茶癖的人，炉头上，我向例放一只白搪瓷水壶，水是常沸，丁零零的响着，壶嘴里冒气。这样，屋子里的空气不会干燥，有水蒸气调和它。每当写稿到深夜，电灯灿白的照着花影，这个水壶的响声，很能助我们一点文思。古人所谓"瓶笙"，就是这玩意儿了。假如你是个饮中君子，炉子上热它四两酒，烤着几样卤菜，坐在炉子边，边吃边喝，再剥几个大花生，你真会觉着炉子的可爱。假如你有个如花似玉的妻子伴着，两个人搬了椅子斜对炉子坐着，闲话一点天南地北，将南方去的闽橘或山橘，在炉上烤上两三个，香气四绕。你看女人穿着夹衣，脸是那样红红的。钟已十二点以后，除了雪花瑟瑟，此外万籁无声，年轻弟弟们，你还用我向下写吗？

我还是说我。过了半辈子夜生活，觉得没有北平的冬夜，给我以便利了。书房关闭在大雪的院子里，没有人搅扰我，也没有声音搅扰我。越写下去电灯越亮，炉子里火也越热，盆景里的花和果盘里的佛手在极静止的环境里供给我许多清香。饿了烤它两三片面包，或者两三个咖喱饺子，甚至火烧夹着猪头肉，那种热的香味也很能刺人食欲，斟一杯热茶，就着吃，饱啖之后，还可伏案写一二小时呢。

铁炉子呀！什么时候，你再回到我的书房一角落？

失眠之夜

//

萧 红

为什么要失眠呢！烦躁，恶心，心跳，胆小，并且想要哭泣。我想想，也许就是故乡的思虑罢。

窗子外面的天空高远了，和白棉一样绵软的云彩低近了，吹来的风好像带点草原的气味，这就是说已经是秋天了。

在家乡那边，秋天最可爱。

蓝天蓝得有点发黑，白云就像银子做成一样，就像白色的大花朵似的点缀在天上；就又像沉重得快要脱离开天空而坠了下来似的，而那天空就越显得高了，高得再没有那么高的。

昨天我到朋友们的地方走了一遭，听来了好多的心愿——那许多心愿综合起来，又都是一个心愿——这回若真的打回满洲去，有的说，煮一锅高粱米粥喝；有的说，咱家那地豆多么大！说着就用手比量着，这么碗大；珍珠米，老的一煮就开了花的，一尺来长的；还有的说，高粱米粥、咸盐豆。还有的说，若真的打回满洲去，三天三夜不吃饭，打着大旗往家跑。跑到家去自然也免不了先吃高粱米粥或咸盐豆。

比方高粱米那东西，平常我就不愿吃，很硬，有点发涩（也许因为我有胃病的关系），可是经他们这一说，也觉得非吃不可了。

但是什么时候吃呢？那我就不知道了。而况我到底是不怎样热烈的，所以关于这一方面，我终究不怎样亲切。

但我想我们那门前的蒿草，我想我们那后园里开着的茄子的紫色的小花，黄瓜爬上了架。而那清早，朝阳带着露珠一齐来了！

我一说到蒿草或黄瓜，三郎就向我摆手或摇头："不，我们家，门前是两棵柳树，树荫交织着做成门形。再前面是菜园，过了菜园就是门。那金字塔形的山峰正向着我们家的门口，而两边像蝙蝠的翅膀似的向着村子的东方和西方伸展开去。而后园黄瓜、茄子也种着，最好看的是牵牛花在石头桥的缝际爬遍了，早晨带着露水牵牛花开了……"

"我们家就不这样，没有高山，也没有柳树……只有……"我常常这样打断他。

有时候，他也不等我说完，他就接下去。我们讲的故事，彼此都好像是讲给自己听，而不是为着对方。

只有那么一天，买来了一张《东北富源图》挂在墙上了，染着黄色的平原上站着小马，小羊，还有骆驼，还有牵着骆驼的小人；海上就是些小鱼，人鱼，黄色的鱼，红色的好像小瓶似的大肚的鱼，还有黑色的大鲸鱼；而兴安岭和辽宁一带画着许多和海涛似的绿色的山脉。

他的家就在离着渤海不远的山脉中，他的指甲在山脉爬着："这是大凌河……这是小凌河……哼……没有，这个地图是个不完全的，是个略

179

回忆是一种重逢

图……"

"好哇！天天说凌河，哪有凌河呢！"我不知为什么一提到家乡，常常愿意给他扫兴一点。

"你不相信！我给你看。"他去翻他的书橱去了，"这不是大凌河……小凌河……小孩的时候在凌河沿上捉小鱼，拿到山上去，在石头上用火烤着吃……这边就是沈家台，离我们家二里路……"因为是把地图摊在地板上看的缘故，一面说着，他一面用手扫着他已经垂在前额的发梢。

《东北富源图》就挂在床头，所以第二天早晨，我一张开了眼睛，他就抓住了我的手：

"我想将来我回家的时候，先买两匹驴，一匹你骑着，一匹我骑着……先到我姑姑家，再到我姐姐家……顺便也许看看我的舅舅去……我姐姐很爱我……她出嫁以后，每回来一次就哭一次，姐姐一哭，我也哭……这有七八年不见了！也都老了。"

那地图上的小鱼，红的，黑的，都能够看清，我一边看着，一边听着，这一次我没有打断他，或给他扫一点兴。

"买黑色的驴，挂着铃子，走起来……铛啷啷啷啷啷……"他形容着铃音的时候，就像他的嘴里边含着铃子似的在响。

"我带你到沈家台去赶集。那赶集的日子，热闹！驴身上挂着烧酒瓶……我们那边，羊肉非常便宜……羊肉炖片粉……真有味道！哎呀！这有多少年没吃那羊肉啦！"他的眉毛和额头上起着很多皱纹。

我在大镜子里边看了他，他的手从我的手上抽回去，放在他自己的胸上，而后又背着放在枕头下面去，但很快地又抽出来，只理一理他自己的发梢又放在枕头上去。

而我，我想：

"你们家对于外来的所谓'媳妇'也一样吗？"我想着这样说了。

这失眠大概也许不是因为这个。但买驴子的买驴子，吃咸盐豆的吃咸盐豆，而我呢？坐在驴子上，所去的仍是生疏的地方，我停着的仍然是别人的家乡。

家乡这个观念，在我本不甚切的，但当别人说起来的时候，我也就心慌了！虽然那块土地在没有成为日本的之前，"家"在我就等于没有了。

这失眠一直继续到黎明之前，在高射炮的声中，我也听到了一声声和家乡一样的震抖在原野上的鸡鸣。

夜的奇迹

// 庐隐

宇宙僵卧在夜的暗影之下,我悄悄地逃到这黑黑的林丛,——群星无言,孤月沉默,只有山隙中的流泉潺潺溅溅的悲鸣,仿佛孤独的夜莺在哀泣。

山巅古寺危立在白云间,刺心的钟磬,断续地穿过寒林,我如受弹伤的猛虎,奋力地跃起,由山麓窜到山巅,我追寻完整的生命,我追寻自由的灵魂,但是夜的暗影,如厚幔般围裹住,一切都显示着不可挽救的悲哀。吁!我何爱惜这被苦难剥蚀将尽的尸骸,我发狂似的奔回林丛,脱去身上血迹斑斓的征衣,我向群星忏悔,我向悲涛哭诉!

这时流云停止了前进,群星忘记了闪烁,山泉也住了呜咽,一切一切都沉入死寂!

我绕过丛林,不期来到碧海之滨,呵!神秘的宇宙,在这里我发现了夜的奇迹!

黑黑的夜幔轻轻地拉开,群星吐着清幽的亮光,孤月也踯躅于云间,白色的海浪吻着翡翠的岛屿，五彩缤纷的花丛中隐约见美丽的仙女在歌舞，她们显示着生命的活跃与神妙！

我惊奇，我迷惘，夜的暗影下，何来如此的奇迹！

我怔立海滨，注视那岛屿上的美景，忽然从海里涌起一股凶浪，将岛屿全个淹没，一切一切又都沉入在死寂！

我依然回到黝黑的林丛，——群星无言，孤月沉默，只有山隙中的流泉潺潺溅溅的悲鸣，仿佛孤独的夜莺在哀泣。

吁！宇宙布满了罗网，任我百般挣扎，努力的追寻，而完整的生命只如昙花一现，最后依然消逝于恶浪，埋葬于尘海之心。自由的灵魂，永远是夜的奇迹！——在色相的人间，只有污秽与残酷，吁！我何爱惜这被苦难剥蚀将尽的尸骸——总有一天，我将焚毁于自己忧怒的灵焰，抛这不值一钱的脓血之躯，因此而释放我可怜的灵魂！

这时我将摘下北斗，抛向阴霾满布的尘海。

我将永远歌颂这夜的奇迹！

刹 那

//

朱自清

我所谓"刹那",指"极短的现在"而言。

在这个题目下面,我想略略说明我对于人生的态度。现在人说到人生,总要谈它的意义与价值;我觉得这种"谈"是没有意义与价值的。且看古今多少哲人,他们对于人生,都曾试作解人,议论纷纷,莫衷一是;他们"各思以其道易天下",但是谁肯真个信从呢?——他们只有自慰自驱吧了!我觉得人生的意义与价值横竖是寻不着的;——至少现在的我们是如此——而求生的意志却是人人都有的。既然求生,当然要求好好的生。如何求好好的生,是我们各人"眼前的"最大的问题;而全人生的意义与价值却反是大而无当的东西,尽可搁在一旁,存而不论。因为要求好好的生,断不能用总解决的办法;若用总解决的办法,便是"好好的"三个字的意义,也尽够你一生的研究了,而"好好的生"终于不能努力去求的!这不是走入牛角湾里去了么?要求好好的生,须零碎解决,须随时随地去体会我生"相当的"意义与价值;我们所要体会的

第四章　珍惜生命中的美好

是刹那间的人生，不是上下古今东西南北的全人生！

着眼于全人生的人，往往忘记了他自己现在的生活。他们或以为人生的意义与价值在于过去；时时回顾着从前的黄金时代，涎垂三尺！而不知他们所回顾的黄金时代，实是传说的黄金时代！——就是真有黄金时代；区区的回顾又岂能将它招回来呢？他们又因为念旧的情怀，往往将自己的过去任情扩大，加以点染，作为回顾的资料，惆怅的因由。这种人将在惆怅，惋惜之中度了一生，永没有满足的现在——一刹那也没有！惆怅惋惜常与彷徨相伴；他们将彷徨一生而无一刹那的成功的安息！这是何等的空虚呀。着眼于全人生的，或以为人生的意义与价值在于将来；时时等待着将来的奇迹。而将来的奇迹真成了奇迹，永不降临于笼着手，踮着脚，伸着颈，只知道"等待"的人！他们事事都等待"明天"去做，"今天"却专作为等待之用；自然的，到了明天，又须等待明天的明天了。这种人到了死的一日，将还留着许许多多明天"要"做的事——只好来生再做了吧！他们以将来自驱，在徒然的盼望里送了一生，成功的安慰不用说是没有的，于是也没有满足的一刹那！"虚空的虚空"便是他们的运命了！这两种人的毛病，都在远离了现在——尤其是眼前的一刹那。

着眼于现在的人未尝没有。自古所谓"及时行乐"，正是此种。但重在行乐，容易流于纵欲；结果偏向一端，仍不能得着健全的，谐和的发展——仍不能得着好好的生！况且所谓"及时行乐"，往往"醉翁之意不在酒"；不过借此掩盖悲哀，并非真正在行乐。杨恽说，"及时行乐耳；须富贵何时！"明明是不得志时的牢骚语。"遇饮酒时须饮酒，得高歌处且高歌"，明明是哀时事不可为而厌世的话。这都是消极的！消极的行乐，虽属及时，而意别有所寄；所以便不能认真做去，所以便不能体会行乐的一刹那的意义与价值——虽然行乐，不满足还是依然，甚至变本加厉呢！欧洲的颓废派，自荒于酒色，以求得刹那间官能的享乐为满足；在这些时候，他们见着美丽的幻象，认识了自己。他们的官能虽较从前人敏锐多多，但心情与纵欲的及时行乐的人正是大同小异。他们觉到现世的苦痛，已至忍无可忍的时候，才用颓废的方法，以求暂时的遗忘；正如糖面金鸡纳霜丸一般，面子上一点甜，里面却到心都是苦呀！友人某君说，颓废便是慢性的自杀，实能道出这一派的精微处。总之，无论行乐派，颓废派，深浅虽有不同，却都是"伤心人别有怀抱"；他们有意的或无意的企图"生之毁灭"。这是求生意志的消极的表现；这种表现当然不能算是好好的生了。他们面前的满足安慰他们的力量，决不抵他们背后的不满足压迫他们的力量；他们终于不能解脱自己，仅足使自己沉沦得更深而已！他们所认识的自己，只是被苦痛压得变形了的，虚空的自己；决不是充实的生命，决不是的！所以他们虽着眼于现在，而实未体会现在一刹那的生活的真味；他们不曾体会着一刹那的意义与价值，仍只是白辜负他们的刹那的现在！

我们目下第一不可离开现在，第二还应执着现在。我们应该深入现在的里面，用两只手揿牢它，愈牢愈好！已往的人生如何的美好，或如何的乏味而可憎；已往的我生如何的可珍惜，或如何的可厌弃，"现在"都可不必去管它，因为过去的已"过去"了。——孔子岂不说："往者不可谏"么？将来的人生与我生，也应作如是观；无论是有望，是无

第四章 珍惜生命中的美好

望,是绝望,都还是未来的事,何必空空的操心呢?要晓得"现在"是最容易明白的;"现在"虽不是最好,却是最可努力的地方,就是我们最能管的地方。因为是最能管的,所以是最可爱的。古尔孟曾以葡萄喻人生:说早晨还酸,傍晚又太熟了,最可口的是正午时摘下的。这正午的一刹那,是最可爱的一刹那,便是现在。事情已过,追想是无用的;事情未来,预想也是无用的;只有在事情正来的时候,我们可以把捉它,发展它,改正它,补充它:使它健全,谐和,成为完满的一段落,一历程。历程的满足,给我们相当的欢喜。譬如我来此演讲,在讲的一刹那,我只专心致志地讲;决不想及演讲以前吃饭,看书等事,也不想及演讲以后发表讲稿,毁誉等事。——我说我所爱说的,说一句是一句,都是我心里的话。我说完一句时,心里便轻松了一些,这就是相当的快乐了。这种历程的满足,便是我所谓"我生相当的意义与价值",便是"我们所能体会的刹那间的人生"。无论您对于全人生有如何的见解,这刹那间的意义与价值总是不可埋没的。您若说人生如电光泡影,则刹那便是光的一闪,影的一现。这光影虽是暂时的存在,但是有不是无,是实在不是空虚;这一闪一现便是实现,也便是发展——也便是历程的满足。您若说人生是不朽的,刹那的生当然也是不朽的。您若说人生向着死之路,那么,未死前的一刹那总是生,总值得好好的体会一番的;何况未死前还有无量数的刹那呢?您若说人生是无限的,好,刹那也可说是无限的。无论怎样说,刹那总是有的,总是真的;刹那间好好的生总可以体会的。好了,不要思前想后的了,耽误了"现在",又是后来惋惜的资料,向谁去追索呀?你们"正在"做什么,就尽力做什么吧;最好的是 -ing,可

宝贵的 -ing 呀！你们要努力满足"此时此地此我"！——这叫做"三此"，又叫做刹那。

言尽于此，相信我的，不要再想，赶快去做你今晚的事吧；不相信的，也不要再想，赶快去做你今晚的事吧！

1924 年 6 月 1 日

一封信
——给抱怨生活干燥的朋友

徐志摩

得到你的信，像是掘到了地下的珍藏，一样的希罕，一样的宝贵。

看你的信，像是看古代的残碑，表面是模糊的，意致却是深微的。

又像是在尼罗河旁边幕夜，在月亮正照着金字塔的时候，梦见一个穿黄金袍服的帝王，对着我作谜语，我知道他的意思，他说："我无非是一个体面的木乃伊。"

又像是我在这重山脚下半夜梦醒时，听见松林里夜鹰的Soprano[①]，可怜的遭人厌毁的鸟，他虽则没有子规那样天赋的妙舌，但我却懂得他的怨愤，他的理想，他的急调是他的嘲讽与咒诅；我知道他怎样的鄙蔑一切，鄙蔑光明，鄙蔑烦嚣的燕雀，也鄙弃自喜的画眉。

又像是我在普陀山发现的一个奇景；外面看是一大块岩石，但里面却早被海水蚀空，只剩罗汉头似的一个脑壳，每次海涛向这岛身搂抱时，

---

① Soprano：女高音、高音歌手的意思。

回忆是一种重逢

发出极奥妙的音响，像是情话，像是咒诅，像是祈祷，在雕空的石笋、钟乳间鸣咽，像大和琴的谐音在皋雪格①的古寺的花橡、石楹间回荡——但除非你有耐心与勇气，攀下几重的石岩，俯身下去凝神的察看与倾听，你也许永远不会想象，不必说发现这样的秘密。

又像是……但是我知道，朋友，你已经听够了我的比喻，也许你愿意听我自然的嗓音与不做作的语调，不愿意收受用幻想的亮箔包裹着的话，虽则，我不能不补一句，你自己就是最喜欢从一个弯曲的白银喇叭里，吹弄你的古怪的调子。

你说："风大土大，生活干燥。"这话仿佛是一阵奇怪的凉风，使我感觉一个恐怖的战栗；像一团飘零的秋叶，使我的灵魂里掉下一滴悲悯的清泪。

我的记忆里，我似乎自信，并不是没有葡萄酒的颜色与香味，并不是没有妩媚的微笑的痕迹，我想我总可以抵抗你那句灰色的语调的影响——

是的，昨天下午我在田里散步的时候，我不是分明看见两块凶恶的黑云消灭在太阳猛烈的光焰里，五只小山羊，兔子一样的白净，听着她们妈的盼咐在路旁寻草吃，三个捉草的小孩在一个稻屯前抛掷镰刀；自然的活泼给我不少的鼓舞，我对着白云里矗着的宝塔喊说我知道生命是有意趣的。

今天太阳不曾出来，一捆捆的云在空中紧紧的挨着，你的那句话碰巧又添上了几重云蒙，我又疑惑我昨天的宣言了。

---

① 皋雪格：英文 Gothic 的音译，意为哥特式，12—15 世纪流行于欧洲的一种艺术风格。

第四章　珍惜生命中的美好

我也觉得奇怪，朋友，何以你那句话在我的心里，竟像白垩涂在玻璃上，这半透明的沉闷是一种很巧妙的刑罚；我差不多要喊痛了。

我向我的窗外望，暗沉沉的一片，也没有月亮，也没有星光，日光更不必想，他早已离别了，那边黑蔚蔚的是林子，树上，我知道，是夜鸦的寓处，树下累累的在初夜的微芒中排列着，我也知道，是坟墓，僵的白骨埋在硬的泥里，磷火也不见一星，这样的静，这样的惨，黑夜的胜利是完全的了。

我闭着眼向我的灵府里问讯，呀，我竟寻不到一个与干燥脱离的生活的意象，干燥像一个影子，永远跟着生活的脚后，又像是葱头的葱管，永远附着在生活的头顶，这是一件奇事。

朋友，我抱歉，我不能答复你的话，虽则我很想，我不是爽恺的西风，吹不散天上的云罗，我手里只有一把粗拙的泥锹，如其有美丽的理想或是希望要埋葬，我的工作倒是现成的——我也有过我的经验。

朋友，我并且恐怕，说到最后，我只得收受你的影响，因为你那句话已经凶狠的咬入我的心里，像一个有毒的蝎子，已经沉沉的压在我的心上，像一块盘陀石，我只能忍耐，我只能忍耐……

1924 年 2 月 26 日

同命运的小鱼

//

萧 红

我们的小鱼死了。它从盆中跳出来死的。

我后悔,为什么要出去那么久!为什么只贪图自己的快乐而把小鱼干死了!

那天鱼放到水盆中去洗的时候,有两条又活了,在水中立起身来。那么只用那三条死的来烧菜。鱼鳞一片一片地掀掉,沉到水盆底去;肚子剥开,肠子流出来。我只管掀掉鱼鳞,我还没有洗过鱼,这是试着干,所以有点害怕,并且冰凉的鱼的身子,我总会联想到蛇;剥鱼肚子我更不敢了。郎华剥着,我就在旁边看,然而看也有点躲躲闪闪,好像乡下没有教养的孩子怕着已死的猫会还魂一般。

"你看你这个无用的,连鱼都怕。"说着,他把已经收拾干净的鱼放下,又剥第二个鱼肚子。这回鱼有点动,我连忙扯了他的肩膀一下:"鱼活啦,鱼活啦!"

"什么活啦!神经质的人,你就看着好啦!"他争强一般在鱼肚子上

第四章　珍惜生命中的美好

划了一刀，鱼立刻跳动起来，从手上跳下水盆去。

"怎么办哪？"这回他向我说了。我也不知道怎么办。他从水中摸出来看看，好像鱼会咬了他的手，马上又丢下水去。鱼的肠子流在外面一半，鱼是死了。

"反正也是死啦，那就吃了它。"

鱼再被拿到手上，一些也不动弹。他又安然地把它收拾干净。直到第三条鱼收拾完，我都是守候在旁边，怕看，又想看。第三条鱼是完全死的，没有动。盆中更小的一条很活泼了，在盆中转圈。另一条怕是要死，立起不多时又横在水面。

大炉的铁板热起来，我的脸感觉烤痛时，锅中的油翻着花。鱼就在大炉台的菜板上，就要放到油锅里去。我跑到二层门去拿油瓶，听得厨房里有什么东西跳起来，噼噼啪啪的。他也来看。盆中的鱼仍在游着，那么菜板上的鱼活了，没有肚子的鱼活了，尾巴仍打得菜板很响。

这时我不知该怎么样做，我怕看那悲惨的东西。躲到门口，我想：不吃这鱼吧。然而它已经没有肚子了，可怎样再活？我的眼泪都跑上眼睛来，再不能看了。我转过身去，面向着窗子。窗外的小狗正在追逐那红毛鸡，房东的使女小菊挨过打以后到墙根处去哭……

这是凶残的世界，失去了人性的世界，用暴力毁灭了它吧！毁灭了这些失去了人性的东西！

晚饭的鱼是吃的，可是很腥，我们吃得很少，全部丢到垃圾箱去。

剩下来两条活的就在盆里游泳，夜间睡醒时，听见厨房里有乓乓的水声。点起洋烛去看一下。可是我不敢去，叫郎华去看。

"盆里的鱼死了一条,另一条鱼在游水响……"

到早晨,用报纸把它包起来,丢到垃圾箱去。只剩一条在水中上下游着,又为它换了一盆水,早饭时又丢了一些饭粒给它。

小鱼两天都是快活的,到第三天忧郁起来,看了几次,它都是沉到盆底。

"小鱼都不吃食啦,大概要死吧?"我告诉郎华。

他敲一下盆沿,小鱼走动两步;再敲一下,再走动两步……不敲,它就不走,它就沉下去。

又过一天,小鱼的尾巴也不摇了,就是敲盆沿,它也不动一动尾巴。

"把它送到江里一定能好,不会死。它一定是感到不自由才忧愁起来!"

"怎么送呢?大江还没有开冻,就是能找到一个冰洞把它塞下去,我看也要冻死,再不然也要饿死。"我说。

郎华笑了。他说我像玩鸟的人一样,把鸟放在笼子里,给它米子吃,就说它没有悲哀了,就说比在山里好得多,不会冻死,不会饿死。

"有谁不爱自由呢?海洋爱自由,野兽爱自由,昆虫也爱自由。"郎华又敲了一下水盆。

小鱼只悲哀了两天,又畅快起来,尾巴打着水响。我每天在火边烧饭,一边看着它,好像生过病又好起来的自己的孩子似的,更珍贵一点,更爱惜一点。天真太冷,打算过了冷天就把它放到江里去。

我们每夜到朋友那里去玩,小鱼就自己在厨房里过个整夜。它什么也不知道,它也不怕猫会把它攫了去,它也不怕耗子会使它惊跳。我们半夜回来也要看看，它总是安安然然地游着。家里没有猫，所以知道没有危险。

又一天就在朋友那里过的夜，终夜是跳舞，唱戏。明天晚上才回来。时间太长了，我们的小鱼死了！

第一步踏进门的是郎华，差一点没踏碎那小鱼。点起洋烛去看，还有一点呼吸，腮还轻轻抽着。我去摸它身上的鳞，都干了。小鱼是什么时候跳出水的？是半夜？是黄昏？耗子惊了你，还是你听到了猫叫？

蜡油滴了满地，我举着蜡烛的手，不知歪斜到什么程度。

屏着呼吸，我把鱼从地板上拾起来，再慢慢把它送到水里，好像亲手让我完成一件丧仪。沉重的悲哀压住了我的头，寒战了我的手。

短命的小鱼死了！是谁把你摧残死的？你还那样幼小，来到世界——说你来到鱼群吧，在鱼群中你还是幼芽一般正应该生长的，可是你死了！

郎华出去了，把空漠的屋子留给我。他回来时正在开门，我就赶上去说："小鱼没死，小鱼又活啦！"我一面拍着手，眼泪就要流出来。我到桌子上去取蜡烛。他敲着盆沿，没有动，鱼又不动了。

"怎么又不会动了？"手到水里去把鱼立起来，可是它又横过去。

"站起来吧。你看蜡油啊！……"他拉我离开盆边。

小鱼这回是真死了！可是过一会又活了。这回我们相信小鱼绝对不会死，离开水的时间太长，复一复原就会好的。

半夜郎华起来看，说它一点也不动了，但是不怕，那一定是又在休息。我招呼郎华不要动它，小鱼在养病，不要搅扰它。

亮天看它还在休息，吃过早饭看它还在休息。又把饭粒丢到盆中。我的脚踏起地板来也放轻些，只怕把它惊醒，我说小鱼是在睡觉。

这睡觉就再没有醒。我用报纸包它起来，鱼鳞沁着血，一只眼睛一定是在地板上挣跳时弄破的。

就这样吧，我送它到垃圾箱去。

1935 年 3 月 5 日

自 谴

老舍

去年在北碚养病的时候我作了一首小诗："雾里梅花江上烟，小三峡外又新年；病中逢酒仍须醉，家在卢沟桥北边！"

既病，又值新年，故有流离之感。可是，这只是那一时的感触。及至身体好了一些，便又忘了病痛与乡思，而想打起精神去作事；即使终身流浪，只要儿辈能"家祭无忘告尔翁"以胜利的消息，便死也安心了。

可是，直到今天，身体还未全好，每逢说多了话，或写多了字，头就发晕。非常的着急，但心越急头便越昏！病是我自己的最大的仇敌！医生嘱咐多吃猪肝脑菠菜与豆腐。可是住在别人的家里，怎好意思发号施令呢？况且，肉已难买到手，还能强使人家专为我自己去找肝与脑么？有时候，我后悔结过婚；假若我是独身汉，大概就不会在无聊的时候因想念儿女皱眉。没有闲愁，或者就可多写出一些东西。及至遇到猪肝这一类问题，我又否定了这个悔意，而切盼着家眷能够西来；人生要有多少小小的矛盾才算及格呢？！

且不提新的工作，去年未写完的东西到今天还都秃着尾巴。《剑北篇》，到去年秋季，只成了28段。所余的材料，大概还够写12段的。28加12，整40。即使40段未能有一万行——原本是想写成一万行的——可是40这个数倒还齐整，就此结束，未为不可。可是过半年了，并没在28段之外多添上一个字。每逢空袭，我必抱着那足以再成12段的材料入洞；纸已有了破烂的地方，而我还没能把这些将要模糊的字变成韵语。这简直是块心病！是的，即使我能写成40段，它们能算作诗不算，还是个问题，我知道。那么，写完或写不完，又有什么关系呢？不过，"把戏是假的，功夫是真的"，我愿把它写完。假若我去扫地，我愿把地扫干净。同样的，虽然写得完整并不就是写得美好，我还愿把它写完。我总觉得有始有终是个好的习惯，虽然这个办法也许并不适用于文艺习作上。

今年春天，《新蜀报》决定出文艺丛书，就把《剑北篇》的前20段要了去，先出上册；等全篇写完，再出下册。上册刚刚印好，恰遇上新蜀印厂失火，同归于尽。莫非这是一个什么谴责么？虽然我并不迷信。

《无形的防线》是个四幕的剧本，从去冬到现在只有了两幕。已写成的两幕，经朋友们看过之后，必须大加改正，才能使三四幕有好戏。可是，这该改正的几十张纸也只作了我的伴侣，别无关系。看见它们，我就伤心；拿起笔来，我就头晕！

《面子问题》——三幕剧本——算是写完了。写完它的那一天，我的头晕开始。有好多新的意思，写完才想起来，都应当加进去，势必得从头另写；头晕阻止了我那么办。

旧欠未清，新的工作就无从说起。今天，可已又到了七七——半年多，什么也没写出来！

头一个七七，我在青岛。第二个七七，在武昌。第三个，在留侯祠。第四个，在陈家桥。今天，这第五个七七，是我头一次在陪都纪念它。

像我这样的一个没有什么用处的人，遇到这样伟大的日子，实在不敢讲说什么，要说，只好说说自己。我总以为每个人要都能尽力于他所能作的，而且经过客观的评判——是最有意义的事，大概社会上就会得到应该由他那里得到的好处。我自己没有什么本事，除了能写点平庸而有时候还清楚的文字。写出来的小说也好，剧本也好，虽然说不到什么文艺，可是也许碰巧能使一个青年，或一个老人，或一个受伤的士兵，得到一点往好里去的鼓励，或一点安慰；这就没白耗费了工夫。这是我能够作的，而且客观的觉得并非全无意义，所以我就这么作了；在抗战前，与抗战中，我始终是这么老老实实的拿定了我的笔。

一个人也许不见得充分了解他自己吧？假如我去作些别的事，说不定或许比写文章更有好的成绩呢。可是，我不冒险。这个看起来好像是"消极的"态度，却足以保证自己不是以文艺为敲门砖，而到时候就可以放下纸笔，另有所图。有些人，我曾看见，以为别人从事文艺是为了给他们自己搭一座浮桥，等到走过了河便把桥拆掉，而永远不再提起文艺。因此，这些人在一开始弄文艺的时候，便先要打倒别人，诟骂别人，不过也是给自己搭起浮桥而已。这样的人，我永远不愿说什么；即使他们骂到我自己的头上来，我还是相应不理，而只为文艺伤心罢了。在这个消极的态度中，我保持着些积极的精神，文艺决不是我的浮桥，而是我的生命。同时，我也切盼浮桥主义渐次消灭，而使文艺得到它应有的尊严。

可是，我已有半年多没能写东西了！在抗战中，不是一个人应当作三个人的事么？我却作了半年的废人！这是多么可耻的事呢！没有身体，便没有一切；用脑子的人应当怎么看清他的身体啊！七七，这伟大的日子，我敢说什么呢？没有尽到心力的，就没有说话的资格，我只能谴责自己！

南闽十年之梦影

// 李叔同

我一到南普陀寺,就想来养正院和诸位法师讲谈讲谈,原定的题目是"余之忏悔",说来话长,非十几小时不能讲完;近来因为讲律,须得把讲稿写好,总抽不出一个时间来,心里又怕负了自己的初愿,只好抽出很短的时间,来和诸位谈谈,谈我在南闽十年中的几件事情!

我第一回到南闽,在一九二八年的十一月,是从上海来的。起初还是在温州,我在温州住得很久,差不多有十年光景。

由温州到上海,是为着编辑《护生画集》的事,和朋友商量一切;到十一月底,才把《护生画集》编好。

那时我听人说:尤惜阴居士也在上海。他是我旧时很要好的朋友,我就想去看一看他。一天下午,我去看尤居士,居士说要到暹罗国去,第二天一早就要动身的。我听了觉得很喜欢,于是也想和他一道去。

我就在十几小时中,急急地预备着。第二天早晨,天还没大亮,就赶到轮船码头,和尤居士一起动身到暹罗国去了。从上海到暹罗,是要经过厦门的，料不到这就成了我来厦门的因缘。十二月初，到了厦门，承陈敬贤居士的招待，也在他们的楼上吃过午饭，后来陈居士就介绍我到南普陀寺来。那时的南普陀，和现在不同，马路还没有建筑，我是坐着轿子到寺里来的。

到了南普陀寺，就在方丈楼上住了几天。时常来谈天的，有性愿老法师、芝峰法师等。芝峰法师和我同在温州，虽不曾见过面，却是很相契的。现在突然在南普陀寺晤见了，真是说不出的高兴。

我本来是要到暹罗去的，因着诸位法师的挽留，就留滞在厦门，不想到暹罗国去了。

在厦门住了几天，又到小雪峰那边去过年。一直到正月半以后才回到厦门，住在闽南佛学院的小楼上，约莫住了三个月工夫。看到院里面的学僧虽然只有二十几位，他们的态度都很文雅，而且很有礼貌，和教职员的感情也很不差，我当时很赞美他们。

这时芝峰法师就谈起佛学院里的课程来。他说："门类分得很多，时间的分配却很少，这样下去，怕没有什么成绩吧？"

因此，我表示了一点意见，大约是说："把英文和算术等删掉，佛学却不可减少，而且还得增加，就把腾出来的时间教佛学吧！"

他们都很赞成。听说从此以后，学生们的成绩，确比以前好得多了！

我在佛学院的小楼上，一直住到四月间，怕将来的天气更会热起来，于是又回到温州去。

第二回到南闽，是在一九二九年十月。起初在南普陀寺住了几天，以后因为寺里要做水陆，又搬到太平岩去住。等到水陆圆满，又回到寺里，在前面的老功德楼住着。

当时闽南佛学院的学生，忽然增加了两倍多，约有六十多位，管理方面不免感到困难。虽然竭力地整顿，终不能恢复以前的样子。

不久，我又到小雪峰去过年，正月半才到承天寺来。

那时性愿老法师也在承天寺，在起草章程，说是想办什么研究社。

不久，研究社成立了，景象很好，真所谓"人才济济"，很有一种难以形容的盛况。现在妙释寺的善契师，南山寺的传证师，以及已故南普陀寺的广究师，……都是那时候的学僧哩！

研究社初办的几个月间，常住的经忏很少，每天有工夫上课，所以成绩卓著，为别处所少有。

当时我也在那边教了两回写字的方法，遇有闲空，又拿寺里那些古版的藏经来整理整理，后来还编成目录，至今留在那边。这样在寺里约莫住了三个月，到四月，怕天气要热起来，又回到温州去。

一九三一年九月，广洽法师写信来，说很盼望我到厦门去。当时我就从温州动身到上海，预备再到厦门；但许多朋友都说：时局不大安定，远行颇不相宜，于是我只好仍回温州。直到转年（即一九三二年）十月，到了厦门，计算起来，已是第三回了！

到厦门之后，由性愿老法师介绍，到山边岩去住；但其间妙释寺也去住了几天。

那时我虽然没有到南普陀来住，但佛学院的学僧和教职员，却是常常来妙释寺谈天的。

一九三三年正月廿一日，我开始在妙释寺讲律。

这年五月，又移到开元寺去。

当时许多学律的僧众，都能勇猛精进，一天到晚地用功，从没有空过的工夫；就是秩序方面也很好，大家都啧啧地称赞着。

有一天，已是黄昏时候了！我在学僧们宿舍前面的大树下立着，各房灯火发出很亮的光；诵经之声，又复朗朗入耳，一时心中觉得有无限的欢慰！可是这种良好的景象，不能长久地继续下去，恍如昙花一现，不久就消失了。但是当时的景象，却很深地印在我的脑中，现在回想起来，还如在大树底下目睹一般。这是永远不会消灭，永远不会忘记的啊！

十一月，我搬到草庵来过年。

一九三四年二月，又回到南普陀。

当时旧友大半散了；佛学院中的教职员和学僧，也没有一位认识的！

我这一回到南普陀寺来，是准了常惺法师的约，来整顿僧教育的。后来我观察情形，觉得因缘还没有成熟，要想整顿，一时也无从着手，所以就作罢了。此后并没有到闽南佛学院去。

讲到这里，我顺便将我个人对于僧教育的意见，说明一下：

我平时对于佛教是不愿意去分别哪一宗、哪一派的，因为我觉得各宗各派，都各有各的长处。

但是有一点，我以为无论哪一宗哪一派的学僧，却非深信不可，那就是佛教的基本原则，就是深信善恶因果报应的道理。——善有善报，恶有恶报；同时还须深信佛菩萨的灵感！这不仅初级的学僧应该这样，就是升到佛教大学也要这样！

善恶因果报应和佛菩萨的灵感道理，虽然很容易懂，可是能彻底相信的却不多。这所谓信，不是口头说说的信，是要内心切切实实去信的呀！

咳！这很容易明白的道理，若要切切实实地去信，却不容易啊！

我以为无论如何，必须深信善恶因果报应和诸佛菩萨灵感的道理，才有做佛教徒的资格！

须知善有善报，恶有恶报，这种因果报应，是丝毫不爽的！又须知我们一个人所有的行为，一举一动，以至起心动念，诸佛菩萨都看得清清楚楚！

一个人若能这样十分坚决地信着，他的品行道德，自然会一天比一天地高起来！

要晓得我们出家人，就所谓"僧宝"，在俗家人之上，地位是很高的。所以品行道德，也要在俗家人之上才行！

倘若品行道德仅能和俗家人相等，那已经难为情了！何况不如？又何况十分地如呢？……咳！……这样他们看出家人就要十分地轻慢，十分地鄙视，种种讥笑的话，也接连地来了。……

记得我将要出家的时候，有一位在北京的老朋友写信来劝告我，你知道他劝告的是什么，他说："听到你要不做人，要做僧去。……"

咳！……我们听到了这话，该是怎样地痛心啊！他以为做僧的，都不是人，简直把僧不当人看了！你想，这句话多么厉害呀！

出家人何以不是人？为什么被人轻慢到这地步？我们都得自己反省一下！我想：这原因都由于我们出家人做人太随便的缘故；种种太随便了，就闹出这样的话柄来了。

至于为什么会随便呢？那就是由于不能深信善恶因果报应和诸佛菩

萨灵感的道理的缘故。倘若我们能够真正深信，十分坚决地信，我想就是把你的脑袋斫掉，也不肯随便的了！

以上所说，并不是单单养正院的学僧应该牢记，就是佛教大学的学僧也应该牢记，相信善恶因果报应和诸佛菩萨灵感不爽的道理！

就我个人而论，已经是将近六十的人了，出家已有二十年，但我依旧喜欢看这类的书！——记载善恶因果报应和佛菩萨灵感的书。

我近来省察自己，觉得自己越弄越不像了！所以我要常常研究这一类的书：希望我的品行道德，一天高尚一天；希望能够改过迁善，做一个好人；又因为我想做一个好人，同时我也希望诸位都做好人！

这一段话，虽然是我勉励我自己的，但我很希望诸位也能照样去实行！

关于善恶因果报应和佛菩萨灵感的书，印光老法师在苏州所办的弘化社那边印得很多，定价也很低廉，诸位若要看的话，可托广洽法师写信去购请，或者他们会赠送也未可知。

以上是我个人对于僧教育的一点意见。下面我再来说几样事情：

我于一九三五年到惠安净峰寺去住。到十一月，忽然生了一场大病，所以我就搬到草庵来养病。

这一回的大病，可以说是我一生的大纪念！

我于一九三六年的正月，扶病到南普陀寺来。在病床上有一只钟，比其他的钟总要慢两刻，别人看到了，总是说这个钟不准，我说："这是草庵钟。"

别人听了"草庵钟"三字还是不懂，难道天下的钟也有许多不同的么？现在就让我详详细细地来说个明白：

第四章　珍惜生命中的美好

我那一回大病，在草庵住了一个多月。摆在病床上的钟，是以草庵的钟为标准的。而草庵的钟，总比一般的钟要慢半点。

我以后虽然移到南普陀，但我的钟还是那个样子，比平常的钟慢两刻，所以"草庵钟"就成了一个名词了。这件事由别人看来，也许以为是很好笑的吧！但我觉得很有意思！因为我看到这个钟，就想到我在草庵生大病的情形了，往往使我发大惭愧，惭愧我德薄业重。

我要自己时时发大惭愧，我总是故意地把钟改慢两刻，照草庵那钟的样子，不止当时如此，到现在还是如此，而且愿尽形寿，常常如此。

以后在南普陀住了几个月，于五月间，才到鼓浪屿日光岩去。十二月仍回南普陀。

到今年一九三七年，我在闽南居住，算起来，首尾已是十年了。

回想我在这十年之中，在闽南所做的事情，成功的却是很少很少，残缺破碎的居其大半，所以我常常自己反省，觉得自己的德行，实在十分欠缺！

因此近来我自己起了一个名字，叫"二一老人"。什么叫"二一老人"呢？这有我自己的根据。

记得古人有句诗：

一事无成人渐老。

清初吴梅村（伟业）临终的绝命词有：

一钱不值何消说。

这两句诗的开头都是"一"字,所以我用来做自己的名字,叫做"二一老人"。

因此我十年来在闽南所做的事,虽然不完满,而我也不怎样地去求他完满了!

诸位要晓得:我的性情是很特别的,我只希望我的事情失败,因为事情失败、不完满,这才使我常常发大惭愧!能够晓得自己的德行欠缺,自己的修善不足,那我才可努力用功,努力改过迁善!

一个人如果事情做完满了,那么这个人就会心满意足,洋洋得意,反而增长他贡高我慢的念头,生出种种的过失来!所以还是不去希望完满的好!

不论什么事,总希望他失败,失败才会发大惭愧!倘若因成功而得意,那就不得了啦!

我近来,每每想到"二一老人"这个名字,觉得很有意味!

这"二一老人"的名字,也可以算是我在闽南居住了十年的一个最好的纪念!

匆 匆

朱自清

燕子去了,有再来的时候;杨柳枯了,有再青的时候;桃花谢了,有再开的时候。但是,聪明的,你告诉我,我们的日子为什么一去不复返呢?——是有人偷了他们罢:那是谁?又藏在何处呢?是他们自己逃走了罢:现在又到了哪里呢?

我不知道他们给了我多少日子;但我的手确乎是渐渐空虚了。在默默里算着,八千多日子已经从我手中溜去;像针尖上一滴水滴在大海里,我的日子滴在时间的流里,没有声音,也没有影子。我不禁头涔涔而泪潸潸了。

去的尽管去了,来的尽管来着;去来的中间,又怎样地匆匆呢?早上我起来的时候,小屋里射进两三方斜斜的太阳。太阳他有脚啊,轻轻悄悄地挪移了;我也茫茫然跟着旋转。于是——洗手的时候,日子从水盆里过去;吃饭的时候,日子从饭碗里过去;默默时,便从凝然的双眼前过去。我觉察他去的匆匆了,伸出手遮挽时,他又从遮挽着的手边过去,天黑时,我躺在床上,他便伶伶俐俐地从我身上跨过,从我脚边飞去了。等我睁开眼和太阳再见,这算又溜走了一日。我掩着面叹息。但是新来的日子的影儿又开始在叹息里闪过了。

在逃去如飞的日子里,在千门万户的世界里的我能做些什么呢?只有徘徊罢了,只有匆匆罢了;在八千多日的匆匆里,除徘徊外,又剩些什么呢?过去的日子如轻烟,被微风吹散了,如薄雾,被初阳蒸融了;我留着些什么痕迹呢?我何曾留着像游丝样的痕迹呢?我赤裸裸来到这世界,转眼间也将赤裸裸地回去罢?但不能平的,为什么偏要白白走这一遭啊?

第五章

想念一些人和事

悼路遥

//

史铁生

我当年插队的地方,延川,是路遥的故乡。我下乡,他回乡,都是知识青年。那时我在村里喂牛,难得到处去走,无缘见到他。我的一些同学见过他,惊讶且叹服地说那可真正是个才子,说他的诗、文都写得好,说他而且年轻,有思想有抱负,说他未来不可限量。后来我在《山花》上见了他的作品,暗自赞叹。那时我既未做文学梦,也未及去想未来,浑浑噩噩。但我从小喜欢诗、文,便十分羡慕他,十分的羡慕很可能就接近着嫉妒。

第一次见到他,是在北京。其时我已经坐上了轮椅,路遥到北京来,和几个朋友一起来看我。坐上轮椅我才开始做文学梦,最初也是写诗,第一首成形的诗也是模仿了信天游的形式,自己感觉写得很不像话,没敢拿给路遥看。那天我们东聊西扯,路遥不善言谈,大部分时间里默默地坐着和默默地微笑。那默默之中,想必他的思绪并不停止。就像陕北的黄牛,停住步伐的时候便去默默地咀嚼。咀嚼人生。此后不久,他的

第五章　想念一些人和事

名作《人生》便问世，从那小说中我又看见陕北，看见延安。

第二次见到他是在西安，在省作协的院子里。那是一九八四年，我在朋友们的帮助下回陕北看看，路过西安，在省作协的招待所住了几天。见到路遥，见到他的背有些驼，鬓发也有些白，并且一支接一支地抽烟。听说他正在写长篇，寝食不顾，没日没夜地干。我提醒他注意身体，他默默地微笑，我再说，他还是默默地微笑。我知道我的话没用，他肯定以默默的微笑抵挡了很多人的劝告了。那默默的微笑，料必是说：命何足惜？不苦其短，苦其不能辉煌。我至今不能判断其对错。唯再次相信"性格即命运"。然后我们到陕北去了，在路遥、曹谷溪、省作协领导李若冰和司机小李的帮助下，我们的那次陕北之行非常顺利、快乐。

第三次见到他，是在电视上，《正大综艺》节目里。主持人介绍那是路遥，我没理会，以为是另一个路遥，主持人说这就是《平凡的世界》的作者，我定睛细看，心重重地一沉。他竟是如此的苍老了，若非依旧默默的微笑，我实在是认不出他了。此前我已听说，他患了肝病，而且很重，而且仍不在意，而且一如既往笔耕不辍奋争不已。但我怎么也没料到，此后不足一年，他会忽然离开这个平凡的世界。

他不是才四十二岁么？我们不是还在等待他在今后的四十二年里写出更好的作品来么？如今已是"人生九十古来稀"的时代，怎么会只给他四十二年的生命呢？这事让人难以接受。这不是哭的问题。这事，沉重得不能够哭了。

有一年王安忆去了陕北，回来对我说："陕北真是荒凉呀，简直不能想象怎么在那儿生活。"王安忆说："可是路遥说，他今生今世是离不了那块地方的。路遥说,他走在山山川川沟沟峁峁之间,忽然看见一树盛开的桃花、杏花,就会泪流满面,确实心就要碎了。"我稍稍能够理解路遥,理解他的心是怎样碎的。我说稍稍理解他,是因为我毕竟只在那儿住了三年,而他的四十二年其实都没有离开那儿。我们从他的作品里理解他的心。他在用他的心写他的作品。可惜还有很多好作品没有出世,随着他的心,碎了。

　　这仍然不止是一个哭的问题。他在这个平凡的世界上倒下去,留下了不平凡的声音,这声音流传得比四十二年要长久得多了,就像那块黄土地的长久,像年年都要开放的山间的那一树繁花。

纪念志摩去世四周年

林徽因

今天是你走脱这世界的四周年！朋友，我们这次拿什么来纪念你？前两次的用香花感伤地围上你的照片，抑住嗓子底下叹息和悲哽，朋友和朋友无聊地对望着，完成一种纪念的形式，俨然是愚蠢的失败。因为那时那种近于伤感，而又不够宗教庄严的举动，除却点明了你和我们中间的距离，生和死的间隔外，实在没有别的成效；几乎完全不能达到任何真实纪念的意义。

去年今日我意外地由浙南路过你的家乡，在昏沉的夜色里我独立火车门外，凝望着那幽暗的站台，默默地回忆许多不相连续的过往残片，直到生和死间居然幻成一片模糊，人生和火车似的蜿蜒一串疑问在苍茫间奔驰。我想起你的：

　　火车擒住轨，在黑夜里奔过山，
　　　过水，过……

回忆是一种重逢

如果那时候我的眼泪曾不自主地溢出睫外,我知道你定会原谅我的。你应当相信我不会向悲哀投降,什么时候我都相信倔强的忠于生的,即使人生如你底下所说:

就凭那精窄的两道,算是轨,
驮着这份重,梦一般的累坠!

就在那时候我记得火车慢慢地由站台拖出一程一程地前进,我也随着酸怆的诗意,那"车的呻吟","过荒野,过池塘,……过噤口的村庄"。到了第二站——我的一半家乡。

今年又轮到今天这一个日子!世界仍旧一团糟,多少地方是黑云布满着粗筋络往理想的反面猛进,我并不在瞎说,当我写:

信仰只一细炷香,
那点子亮再经不起西风,
沙沙的隔着梧桐树吹。

朋友,你自己说,如果是你现在坐在我这位子上,迎着这一窗太阳:眼看着菊花影在墙上描画作态;手臂下倚着两叠今早的报纸;耳朵里不时隐隐地听着朝阳门外"打靶"的枪弹声;意识的,潜意识的,要明白这生和死的谜,你又该写成怎样一首诗来,纪念一个死别的朋友?

此时,我却是完全的一个糊涂!习惯上我说,每桩事都像是造物的

第五章　想念一些人和事

意旨，归根都是运命，但我明知道每桩事都有我们自己的影子在里面烙印着！我也知道每一个日子是多少机缘巧合凑拢来拼成的图案，但我也疑问其间的排布谁是主宰。据我看来：死是悲剧的一章，生则更是一场悲剧的主干！我们这一群剧中的角色自身性格与性格矛盾；理智与情感两不相容；理想与现实当面冲突，侧面或反面激成悲哀。日子一天一天向前转，昨日和昨日堆垒起来混成一片不可避脱的背景，做成我们周遭的墙壁或气氛，那么结实又那么缥缈，使我们每一人站在每一天的每一个时候里都是那么主要，又是那么渺小无能为！

此刻我几乎找不出一句话来说，因为，真的，我只是个完全的糊涂；感到生和死一样的不可解，不可懂。

但是我却要告诉你，虽然四年了你脱离去我们这共同活动的世界，本身停掉参加牵引事体变迁的主力，可是谁也不能否认，你仍立在我们烟涛渺茫的背景里，间接的是一种力量，尤其是在文艺创造的努力和信仰方面。间接地你任凭自然的音韵、颜色，不时的风轻月白，人的无定律的一切情感，悠断悠续地仍然在我们中间继续着生，仍然与我们共同交织着这生的纠纷，继续着生的理想。你并不离我们太远。你的身影永远挂在这里那里，同你生前一样的飘忽，爱在人家不经意时茁止，带来勇气的笑声也总是那么嘹亮，还有，还有经过你热情或焦心苦吟的那些诗，一首一首仍串着许多人的心旋转。

说到你的诗，朋友，我正要正经地同你再说一些话。你不要不耐烦。这话迟早我们总要说清的。人说盖棺论定，前者早已成了事实，这后者在这四年中，说来叫人难受，我还未曾读到一篇中肯或诚实的论评，虽

回忆是一种重逢

然对你的赞美和攻讦由你去世后一两周间，就纷纷开始了。但是他们每人手里拿的都不像纯文艺的天秤；有的喜欢你的为人，有的疑问你私人的道德；有的单单尊崇你诗中所表现的思想哲学，有的仅喜爱那些软弱的细致的句子，有的每发议论必须牵涉到你的个人生活之合乎规矩方圆，或断言你是轻薄，或引证你是浮奢豪侈！朋友，我知道你从不介意过这些，许多人的浅陋老实或刻薄处你早就领略过一堆，你不止未曾生过气，并且常常表现怜悯同原谅；你的心情永远是那么洁净；头老抬得那么高；胸中老是那么完整的诚挚；臂上老有那么许多不折不挠的勇气。但是现在的情形与以前却稍稍不同，你自己既已不在这里，做你朋友的，眼看着你被误解、曲解，乃至于谩骂，有时真忍不住替你不平。

但你可别误会我心眼儿窄，把不相干的看成重要，我也知道误解曲解谩骂，都是不相干的，但是朋友，我们谁都需要有人了解我们的时候，真了解了我们，即使是痛下针砭，骂着了我们的弱处错处，那整个的我们却因而更增添了意义，一个作家文艺的总成绩更需要一种就文论文、就艺术论艺术的和平判断。

你在《猛虎集》序中说"世界上再没有比写诗更惨的事"，你却并未说明为什么写诗是一桩惨事，现在让我来个注脚好不好？我看一个人一生为着一个愚诚的倾向，把所感受到的复杂的情绪尝味到的生活，放到自己的理想和信仰的锅炉里烧炼成几句悠扬铿锵的语言（哪怕是几声小唱），来满足他自己本能的艺术的冲动，这本来是个极寻常的事。哪一个地方哪一个时代，都不断有这种人。轮着做这种人的多半是为着他情感来得比寻常人浓富敏锐，而为着这情感而发生的冲动更是非实际的——

第五章 想念一些人和事

或不全是实际的——追求,而需要那种艺术的满足而已。说起来写诗的人的动机多么简单可怜,正是如你序里所说"我们都是受支配的善良的生灵"!虽然有些诗人因为他们的成绩特别高厚旷阔包括了多数人,或整个时代的艺术和思想的冲动,从此便在人中间披上神秘的光圈,使"诗人"两字无形中挂着崇高的色彩。这样使一般努力于用韵文表现或描画人在自然万物相交错的情绪思想的,便被人的成见看作夸大狂的旗帜,需要同时代人的极冷酷的讥讪和不信任来扑灭它,以挽救人类的尊严和健康。

我承认写诗是惨淡经营,孤立在人中挣扎的勾当,但是因为我知道太清楚了,你在这上面单纯的信仰和诚恳的尝试,为同业者奋斗,卫护他们的情感的愚诚,称扬他们艺术的创造,自己从未曾求过虚荣,我觉得你始终是很逍遥舒畅的。如你自己所说"满头血水"你"仍不曾低头",你自己相信"一点性灵还在那里挣扎","还想在实际生活的重重压迫下透出一些声响来"。

简单地说,朋友,你这写诗的动机是坦白不由自主的,你写诗的态度是诚实、勇敢而倔强的。这在讨论你诗的时候,谁都先得明了的。

至于你诗的技巧问题,艺术上的造诣,在这新诗仍在彷徨歧路的尝试期间,谁也不能坚决地论断。不过有一桩事我很想提醒现在讨论新诗的人,新诗之由于无条件无形制宽泛到几乎没有一定的定义时代,转入这讨论外形内容,以至于音节韵脚章句意象组织等艺术技巧问题的时期,即是根据着对这方面努力尝试过的那一些诗,你的头两个诗集子就是供给这些讨论见解最多材料的根据。外国的土话说"马总得放在马车的前

219

面",不是？没有一些尝试的成绩放在那里，理论家是不能老在那里发一堆空头支票的，不是？

你自己一向不止在那里倔强地尝试用功，你还会用尽你所有活泼的热心鼓励别人尝试，鼓励"时代"起来尝试——这种工作是最犯风头嫌疑的，也只有你胆子大头皮硬顶得下来！我还记得你要印诗集子时我替你捏一把汗，老实说还替你在有文采的老前辈中间难为情过，我也记得我初听到人家找你办《晨报副刊》时我的焦急，但你居然板起个脸抓起两把鼓槌子为文艺吹打开路乃至于扫地，铺鲜花，不顾旧势力的非难，新势力的怀疑，你干你的事"事在人为，做了再说"那股子劲，以后别处也还很少见。

现在你走了，这些事渐渐在人的记忆中模糊下来，你的诗和文章也散漫在各小本集子里，压在有极新鲜的封皮的新书后面，谁说起你来，不是马马虎虎地承认你是过去中一个势力，就是拿能够挑剔看轻你的诗为本事（散文人家很少提到，或许"散文家"没有诗人那么光荣，不值得注意），朋友，这是没法子的事，我却一点不为此灰心，因为我有我的信仰。

我认为我们这写诗的动机既如前面所说那么简单愚诚；因在某一时，或某一刻敏锐地接触到生活上的锋芒，或偶然地触遇到理想峰巅上云彩星霞，不由得不在我们所习惯的语言中，编缀出一两串近于音乐的句子来，慰藉自己，解放自己，去追求超实际的真美，读诗者的反应一定有一大半也和我们这写诗的一样诚实天真，仅想在我们句子中间由音乐性的愉悦，接触到一些生活的底蕴，渗合着美丽的憧憬；把我们的情绪给他们的情绪搭起一座浮桥；把我们的灵感，给他们生活添些新鲜；把我们的痛苦伤心再揉成他们自己忧郁的安慰！

我们的作品会不会长存在下去，就看它们会不会活在那一些我们从不认识的人，我们作品的读者，散在各时、各处互相不认识的孤单的人的心里的，这种事它自己有自己的定律，并不需要我们的关心的。你的诗据我所知道的，它们仍旧在这里浮沉流落，你的影子也就浓淡参差地系在那些诗句中，另一端印在许多不相识人的心里。朋友，你不要过于看轻这种间接的生存，许多热情的人他们会为着你的存在，而加增了生的意识的。伤心的仅是那些你最亲热的朋友们和同兴趣的努力者，你不在他们中间的事实，将要永远是个不能填补的空虚。

你走后大家就提议要为你设立一个"志摩奖金"来继续你鼓励人家努力诗文的素志，勉强象征你那种对于文艺创造拥护的热心，使不及认得你的青年人永远对你保存着亲热。如果这事你不觉到太寒碜不够热气，我希望你原谅你这些朋友们的苦心，在冥冥之中笑着给我们勇气来做这一些蠢诚的事吧。

我所见的叶圣陶

//

朱自清

　　我第一次与圣陶见面是在民国十年的秋天。那时刘延陵兄介绍我到吴淞炮台湾中国公学教书。到了那边，他就和我说："叶圣陶也在这儿。"我们都念过圣陶的小说，所以他这样告我。我好奇地问道："怎样一个人？"出乎我的意外，他回答我："一位老先生哩。"但是延陵[①]和我去访问圣陶的时候，我觉得他的年纪并不老，只那朴实的服色和沉默的风度与我们平日所想象的苏州少年文人叶圣陶不甚符合罢了。

　　记得见面的那一天是一个阴天。我见了生人照例说不出话；圣陶似乎也如此。我们只谈了几句关于作品的泛泛的意见，便告辞了。延陵告诉我每星期六圣陶总回甪直[②]去；他很爱他的家。他在校时常邀延陵出去散步；我因与他不熟，只独自坐在屋里。不久，中国公学忽然起了风潮。我向延

[①] 刘延陵（1894—1988），原名延福，是中国第一代的白话诗人，也是第一个介绍法国象征派的新诗及其理论至中国的拓荒者。作品有诗歌《水手》《竹》等。
[②] 甪直（lù zhí）镇隶属于江苏省苏州市吴中区，是一座与苏州古城同龄，具有2500多年历史的中国水乡文化古镇。

陵说起一个强硬的办法——实在是一个笨而无聊的办法！——我说只怕叶圣陶未必赞成。但是出乎我的意外，他居然赞成了！后来细想他许是有意优容我们吧，这真是老大哥的态度呢。我们的办法天然是失败了，风潮延宕下去，于是大家都住到上海来。我和圣陶差不多天天见面，同时又认识了西谛[①]、予同诸兄。这样经过了一个月，这一个月实在是我的很好的日子。

我看出圣陶始终是个寡言的人。大家聚谈的时候，他总是坐在那里听着。他却并不是喜欢孤独，他似乎老是那么有味地听着。至于与人独对的时候，自然多少要说些话，但辩论是不来的。他觉得辩论要开始了，往往微笑着说："这个弄不大清楚了。"这样就过去了。他又是个极和易的人，轻易看不见他的怒色。他辛辛苦苦保存着的《晨报》副张，上面有他自己的文字的，特地从家里捎来给我看；让我随便放在一个书架上，给散失了。当他和我同时发现这件事时，他只略露惋惜的颜色，随即说："由他去末哉，由他去末哉！"我是至今惭愧着，因为我知道他作文是不留稿的。他的和易出于天性，并非阅历世故，矫揉造作而成。他对于世间妥协的精神是极厌恨的。在这一月中，我看见他发过一次怒——始终我只看见他发过这一次怒——那便是对于风潮的妥协论者的蔑视。

风潮结束了，我到杭州教书。那边学校当局要我约圣陶去。圣陶来信说："我们要痛痛快快游西湖，不管这是冬天。"他来了，教我上车站去接。我知道他到了车站这一类地方，是会觉得寂寞的。他的家实在太好了，他的衣着，一向都是家里管。我常想，他好像一个小孩子，像小孩子的天真，也像小孩子的离不开家里人。必须离开家里人时，他也得找些熟朋友

[①] 西谛为郑振铎（1898—1958）的笔名之一，福建长乐人，现代文学家、社会活动家等。

伴着，孤独在他简直是有些可怕的。所以他到校时，本来是独住一屋的，却愿意将那间屋做我们两人的卧室，而将我那间做书室，这样可以常常相伴，我自然也乐意。我们不时到西湖边去，有时下湖，有时只喝喝酒。在校时各据一桌，我只预备功课，他却老是写小说和童话。初到时，学校当局来看过他。第二天，我问他："要不要去看看他们？"他皱眉道："一定要去么？等一天吧。"后来始终没有去。他是最反对形式主义的。

那时他小说的材料，是旧日的储积；童话的材料有时却是片刻的感兴。如《稻草人》中《大喉咙》一篇便是。那天早上，我们都醒在床上，听见工厂的汽笛，他便说："今天又有一篇了，我已经想好了，来得真快呵。"那篇的艺术很巧，谁想他只是片刻的构思呢！他写文字时，往往拈笔伸纸，便手不停挥地写下去，开始及中间，停笔踌躇时绝少。他的稿子极清楚，每页至多只有三五个涂改的字。他说他从来是这样的。每篇写毕，我自然先睹为快；他往往称述结尾的适宜，他说对于结尾是有些把握的。看完，他立即封寄《小说月报》，照例用平信寄。我总劝他挂号，但他说："我老是这样的。"他在杭州不过两个月，写的真不少，教人羡慕不已。《火灾》里从《饭》起到《风潮》这七篇，还有《稻草人》中一部分，都是那时我亲眼看他写的。

在杭州待了两个月，放寒假前，他便匆匆地回去了。他实在离不开家，临去时让我告诉学校当局，无论如何不回来了。但他却到北平住了半年，也是朋友拉去的。我前些日子偶翻十一年的《晨报副刊》，看见他那时途中思家的小诗，重念了两遍，觉得怪有意思。北平回去不久，便入了商务印书馆编译部，家也搬到上海。从此在上海待下去，直到现在——中间又被朋友拉到福州一次，有一篇《将离》抒写那回的别恨，是缠绵悱恻的文字。这些日子，我在浙江乱跑，有时到上海小住，他常请了假和我各处玩儿或喝酒。有一回，我便住在他家，但我到上海，总爱出门，因此他老说没有能畅谈。他写信给我，老说这回来要畅谈几天才行。

十六年一月，我接眷北来，路过上海，许多熟朋友和我饯行，圣陶也在。那晚我们痛快地喝酒，发议论，他是照例地默着。酒喝完了，又去乱走，他也跟着。到了一处，朋友们和他开了个小玩笑，他脸上略露窘意，但仍微笑地默着。圣陶不是个浪漫的人，在一种意义上，他正是延陵所说的"老先生"。但他能了解别人，能谅解别人，他自己也能"作达"，所以仍然——也许格外——是可亲的。那晚快夜半了，走过爱多亚路，他向我诵周美成的词，"酒已都醒，如何消夜永！"我没有说什么，那时的心情，大约也不能说什么的。我们到一品香又消磨了半夜。这一回特别对不起圣陶，他是不能少睡觉的人。他家虽住在上海，而起居还依着乡居的日子，早七点起，晚九点睡。有一回我九点十分去，他家已熄了灯，关好门了。这种自然的、有秩序的生活是对的。那晚上伯祥说："圣兄明天要不舒服了。"想起来真是不知要怎样感谢才好。

第二天我便上船走了，一眨眼三年半，没有上南方去。信也很少，却全是我的懒。我只能从圣陶的小说里看出他心境的变迁，这个我要留在另一文中说。圣陶这几年里似乎到十字街头走过一趟，但现在怎么样呢？我却不甚了然。他从前晚饭时总喝点酒，"以半醺为度"；近来不大能喝酒了，却学了吹笛——前些日子说已会一出《八阳》，现在该又会了别的了吧。他本来喜欢看看电影，现在又喜欢听听昆曲了。但这些都不是"厌世",如或人所说的;圣陶是不会厌世的,我知道。又,他虽会喝酒,加上吹笛,却不曾抽什么"上等的纸烟",也不曾住过什么"小小别墅",如或人所想的,这个我也知道。

1930 年 7 月

永在的温情
——纪念鲁迅先生

// 郑振铎

  10月19日下午5点钟，我在一家编译所一位朋友的桌上，偶然拿起了一份刚送来的Evening Post，被这样的一个标题：中国的高尔基今晨5时去世，惊骇得一跳。连忙读了下来，这惊骇变成了事实：果然是鲁迅先生去世了！

  这消息像闪雷似的，当头打了下来，呆坐在那里不言不动。

  谁想得到这可怕的噩耗竟这样的突然的来呢？

  鲁迅先生病得很久了，间歇的发着热，但热度并不甚高。一年以来，始终不曾好好的恢复过，但也从不曾好好的休息过。半年以来，情形尤显得不好。缠绵在病榻上者总有三四个月，朋友们都劝他转地疗养，他自己也有此意。前一个月，听说他要到日本去。但茅盾告诉我，"双十

回忆是一种重逢

节①"那一天还遇见他在 Isis② 看 Dobrovsky③；中国木刻画展览会，他也曾去参观。总以为他是渐渐的复原了，能够出来走走了。谁又想得到这可怕的噩耗竟这样突然的来呢？

刚在前几天，他还有信给我，说起一部书出版的事；还附带的说，想早日看见《十竹斋笺谱》的刻成。我还没有来得及写回信。谁想得到这可怕的噩耗竟这样的突然的来呢？

我一夜不曾好好的安心的睡。

第二天赶到万国殡仪馆，站在他遗像的面前，久久的走不开。再一看，他的遗体正在像下，在鲜花的包围里，面貌还是那么清瘦而带些严肃，但双眼却永远的闭上了！

我要哭出来，大声的哭，但我那时竟流不出眼泪，泪水为悲戚所灼干了。我站在那里，久久走不开。我不相信，他竟是那样突然的便离我们而远远的向不可知的所在而去了。

但他的友谊的温情却是永在的，永在我的心上——也永在他的一切友人的心上，我相信。

初和他见面时，总以为他是严肃的、冷酷的。他的瘦削的脸上，轻易不见笑容。他的谈吐迟缓而有力，渐渐的谈下去，在那里面，你便可以发现其可爱的真挚、热情的鼓励与亲切的友谊。他虽不笑，他的话却能引你笑。和他的兄弟启明先生一样，他是最可谈、最能谈的朋友，你可以坐在他客厅里，他那间书室兼卧室里，坐上半天，不觉得一点拘束、

---

① 中华民国国庆日是10月10日，也称"双十节"。
② 影院名称，好莱坞电影公司在民国上海首轮放映影片的影院。
③ 电影《复仇艳遇》。

一点不舒服。什么话都谈，但他的话头却总是那么有力。他的见解往往总是那么正确。你有什么怀疑、不安，出于他的几句话也许便可以解决你的问题，鼓起你的勇气。

失去了这样的一位温情的朋友，就个人讲，将是怎样的一个损失呢？

他最勤于写作，也最鼓励人写作。他会不惮烦的几天几夜的在替一位不认识的青年，或一位不深交的朋友，改削创作，校正译稿。其仔细和小心远过于一位私塾的教师。

他曾和我谈起一件事：有一位不相识的青年寄一篇稿子来请求他改，他仔仔细细的改了寄回去。那青年却写信来骂他一顿，说被改涂得太多了。第二次又寄一篇稿子来，他又替他改了寄回去，这一次的回信，却责备他改得太少。

"现在做事真难极了！"他慨叹的说道。对于人的不易对付和做事之难，他这几年来时时的深切的感到。

但他并不灰心。仍然的在做着吃力不讨好的改削创作、校正译稿的事，挣扎着病躯，深夜里，仔仔细细的为不相识的青年或不深交的朋友在工作。

这样的温情的指导者和朋友，一旦失去了，将怎样的令人感到不可补赎之痛呢？

他所最恨的是那些专说风凉话而不肯切实做事的人。会批评，但不工作；会讥嘲，但不动手；会傲慢自夸，但永远拿不出东西来，像那样的人物，他是不客气的要摈之门外，永不相往来的。所谓无诗的诗人，不写文章的文人，他都深诛痛恶的在责骂。

他常感到"工作"的来不及做，特别是在最近一二年，凡做一件事，

回忆是一种重逢

都总要快快的做。

"迟了恐怕要来不及了。"这句话他常在说。

那样的清楚的心境，我们都是同样深切感到的。想不到他自己真的便是那么快的便逝去，还留下要做的许多事没有来得及做——但，后死者却要继续他的事业下去的！

我和他第一次的相见是在同爱罗先珂到北平去的时候。

他着了一件黑色的夹外套，戴着黑色呢帽，陪着爱罗先珂到女师大的大礼堂里去。我们匆匆的谈了几句话。由于自己不久便回到南边来，在北平竟不曾再见一次面。

后来，他自己说，他那件黑色的夹外套，到如今还有时着在身上。

我编《小说月报》的时候，曾不时的通信向他要些稿子。除了说起稿子的事，别的话也没有什么。

最早使我笼罩在他温热的友情之下的，是一次讨论到"三言"问题的信。

我在上海研究中国小说，完全像盲人骑瞎马，乱问乱摸，一点凭借都没有，只是节省着日用，以浅浅的薪水购书，而即以所购入之零零落落的破书，作为研究的资源。那时候实在贫乏得、肤浅得可笑，偶尔得到一部原版的《隋唐演义》却以为是了不得的奇遇，至于"三言"之类的书，却是连梦魂里也不曾读到。

他的《中国小说史略》的出版，减少了许多我在暗中摸索之苦。我有一次写信问他《醒世恒言》《警世通言》及《喻世明言》的事，他的回信很快的便来了，附来的是他抄录的一张《醒世恒言》的全目。——这

第五章　想念一些人和事

张目录我至今还保全在我的一部《中国小说史略》里。他说,《喻世》《警世》,他也没有见到,《醒世恒言》他只有半部,但有一位朋友那里藏有全书。所以他便借了来,抄下录寄给我。

当时,我对于这个有力的帮助,说不出应该怎样的感激才好。这目录供给了我好几次的应用。

后来,我很想看看《西湖二集》(那部书在上海是永远不会见到的),又写信问他有没有此书。不料随了回信同时递到的却是一包厚厚的包裹。打开了看时,却是半部明末版的《西湖二集》,附有全图。我那时实在眼光小得可怜,几曾见过几部明版附插图的平话集?见了这《西湖二集》为之狂喜!而他的信道:他现在不弄中国小说,这书留在手边无用,送了给我吧。这贵重的礼物,从一个只见一面的不深交的朋友那里来,这感动是至今跃跃在心头的。

我生平从没有意外的获得。我的所藏的书,一部部都是很辛苦的设法购得的;购书的钱,都是黑夜灯下疾书的所得或减衣缩食的所余。一部部书都可看出我自己的夏日的汗、冬夜的凄栗,有红丝的睡眼,右手执笔处的指端的硬茧和酸痛的右臂。但只有这一集可宝贵的书,乃是我书库里唯一的友情的赠予——只有这一部书!

现在这部《西湖二集》也还堆在我最宝爱的几十部明版书的中间,看了它便要泫然泪下。这可爱的直率的真挚的友情,这不意中的难得的帮助,如今是不能再有了!

但我心头的温情是永在的——这温情也永在他的一切友人的心上,我相信!

回忆是一种重逢

"九一八"以后,他到过北平一趟,得到青年人最大的热烈的欢迎。但过了几天,便悄悄的走了。他原是去探望他母亲的病去的,我竟来不及去看他。

但那一年寒假的时候,我回到上海,到他寓所时,他便和我谈起在北平的所获。

"木刻画如今是末路了,但还保存在笺纸上。不过,也难说保全得不会久。"他深思的说道。

他搬出不少的彩色笺纸,来给我看,都是在北平时所购得的。

"要有人把一家家南纸店所出的笺纸,搜罗了一下,用好纸刷印个几十部,作为笺谱,倒是一件好事。"他说道。

过了一会,他又道:"这要住在北平的人方能做事。我在这里不能做这事。"

我心里很跃动,正想说"那么,我来做吧"。而他慢吞吞的续说道:"你倒可以做,要是费些工作,倒可以做。"

我立刻便将这责任担负了下来,但说明搜集而得的笺纸,由他负选择之责。我相信他的选择要比我高明得多。

以后,我一包一包的将购得的笺样送到上海,经他选择后,再一包一包的寄回。

中间,我曾因事把这工作停顿了二三个月。他来信说:"这事我们得赶快做,否则,要来不及做,或轮不到我们做。"

在他的督促和鼓励之下,那六巨册的美丽的《北平笺谱》方才得以告成。

第五章　想念一些人和事

有一次，我到上海来，带回了亡友王孝慈先生所藏的《十竹斋笺谱》四册，顺便的送到他家里给他看。

这部谱，刻得极精致，是明末版画里最高的收获，但刻成的年月是崇祯十六年的夏天，所以流传得极少。

"这部书似也不妨翻刻一下。"我提议道。那时，我为《北平笺谱》的成功所鼓励，勇气有余。

"好的，好的，不过要赶快做！"他道。

想不到全部要翻刻，工程浩大无比，所耗也不赀，几乎不是我们的力量所及。第一册已出版了，第二册也刻好待印；而鲁迅先生却等不及见到第二册以下的刻成了！

对于美好的东西，似乎他都喜爱。我曾经有过一个意思，要集合六朝造像及墓志的花纹刻为一书，但他早已注意及此了。他告诉我说，他所藏的六朝造像的拓本也不少，如今还在陆续的买。

他是最能分别得出美与丑，永远的不朽与急就的草率的。

除了以朽腐为神奇，而沾沾自喜，向青年们施以毒害的宣传之外，他对于古代的遗产，决不歧视，反而抱着过分的喜爱。

他曾经告诉过我，他并不反对袁中郎；中郎是十分方巾气的，这在他文集里便可见。他所厌弃、所斥责的乃是只见中郎的一面，而恣意鼓吹着的人物。

京平刚从鲁迅先生那里得到最大的鼓励。他感激得几乎哭出来，但想不到鲁迅竟这样的突然的过去了！

第三天，我在万国殡仪馆门门遇见他；他的嘴唇在颤动，眼圈在红。

233

从万国公墓归来后，他给我一封信道："我心已经分裂。我从到达公墓时，就失去了约束自己的力量。一直到墓石封合了，我竟痛哭失声。先生，这是我平生第一痛苦的事了，他匆匆的瞥了我一眼，就去了——"

但他并没有去。他的温情永在我的心头——也永在他的一切友人的心上，我相信！

1936 年 10 月 25 日

哭佩弦

郑振铎

从抗战以来，接连的有好几位少年时候的朋友去世了。哭地山[1]、哭六逸[2]、哭济之[3]，想不到如今又哭佩弦[4]了。在朋友们中，佩弦的身体算是很结实的。矮矮的个子，方而微圆的脸，不怎么肥胖，但也决不瘦。一眼望过去，便是结结实实的一位学者。说话的声音，徐缓而有力，不多说废话，从不开玩笑；纯然是忠厚而笃实的君子。写信也往往是寥寥的几句，意尽而止，但遇到讨论什么问题的时候，却滔滔不绝。他的文章，也是那么的不蔓不枝，恰到好处，增加不了一句，也删节不掉一句。

他做什么事都负责到底。他的《背影》，就可作为他自己的一个描

---

[1] 许地山（1894—1941），字地山，中国现代著名小说家、散文家，新文学运动先驱者之一。
[2] 谢六逸（1898—1945），著名的作家、翻译家、教授，中国现代新闻教育事业的奠基者之一。
[3] 耿济之，我国著名的文学家和翻译大家，五四爱国运动的学生领袖之一。文学研究会的发起人，著名外交家。
[4] 朱自清（1898—1948），原名自华，号秋实，后改名自清，字佩弦。现代杰出的散文家、诗人、学者、民主战士。

写。他的家庭负担不轻,但他全力的负担着,不叹一句苦。他教了三十多年的书,在南方各地教,在北平教;在中学里教,在大学里教。他从来不肯马马虎虎的教过去,每上一堂课,在他是一件大事。尽管教得很熟的教材,但他在上课之前,还须仔细的预备着。一边走上课堂,一边还是十分的紧张。记得在清华大学的时候,有一次我在他办公室里坐着,见他紧张的在翻书。我问道:

"下一点钟有课么?""有的!"他说道,"总得要看看。"

像这样负责的教员,恐怕是不多见的。他写文章时,也是以这样的态度来写。写得很慢,改了又改,决不肯草率的拿出去发表。我上半年为《文艺复兴》的《中国文学研究》号向他要稿子,他寄了一篇《好与巧》来;这是一篇结实而用力之作。但过了几天,他又来了一封快信,说,还要修改一下,要我把原稿寄回给他。我寄了回去。不久,修改的稿子来了,增加了不少有力的例证。他就是那么不肯马马虎虎的过下去的!

他的主张,向来是老成持重的。

将近二十年了,我们同在北平。有一天,在燕京大学南大地一位友人处晚餐,我们热烈的辩论着"中国字"是不是艺术的问题。向来总是"书画"同称,我却反对这个传统的观念。大家提出了许多意见。有的说,艺术是有个性的;中国字有个性,所以是艺术。又有的说,中国字有组织,有变化,极富于美术的标准。我却极力的反对着他们的主张。我说,中国字有个性,难道别国的字便表现不出个性了么?要说写得美,那么,梵文和蒙古文写得也是十分匀美的。这样的辩论,当然不会有结果的。

临走的时候,有一位朋友还说,他要编一部《中国艺术史》,一定要把中国书法的一部门放进去。我说。如果把"书"也和"画"同样的并列在艺术史里，那么，这部艺术史一定不成其为艺术史的。

当时，有十二个人在座。九个人都反对我的意见，只有冯芝生和我意见全同，佩弦一声也不言语。我问道：

"佩弦，你的主张怎样呢！"

他郑重的说道："我算是半个赞成的吧。说起来，字的确是不应该成为美术。不过，中国的书法，也有他长久的传统的历史。所以，我只赞成一半。"

这场辩论，我至今还鲜明的在眼前。但老成持重，一半和我同调的佩弦却已不在人间，不能再参加那么热烈的争论了。

这样的一位结结实实的人，怎么会刚过五十便去世了呢？……我说"结结实实"，这是我十多年前的印象。在抗战中，我们便没有见过。在抗战中，他从北平随了学校撤退到后方。他跟着学生徒步跑，跑到长沙，又跑到昆明。还照料着学校图书馆里搬出来的几千箱的书籍。这一次的长征，也许使他结结实实的身体开始受了伤。

在昆明联大的时候，他的生活很苦。他的夫人和孩子们都不能在身边，为了经济的拮据，只能让他们住在成都。听说，食米的恶劣，使他开始有了胃病。他是一位有名的衣履不周的教授之一。冬天，没有大衣，把马夫用的毡子裹在身上，就作为大衣；而在夜里，这一条毡子便又作为棉被用。

有人来说，佩弦瘦了，头上也有了白发。我没有想象到佩弦瘦到什么样子；我的印象中，他始终是一位结结实实的矮个子。

胜利以后，大家都复员了，应该可以见到。但他为了经济的关系，径从内地到北平去,并没有经过南方。我始终没有见到瘦了后的佩弦。

在北平,他还是过得很苦,他并没有松下一口气来。

暑假后,是他应该休假的一年。我们都盼望他能够到南边来游一趟,谁知道在假期里他便一瞑不视了呢?我永远不会再有机会见到瘦了后的佩弦了!

佩弦虽然在胜利三年后去世,其实他是为抗战而牺牲者之一。那么结结实实的身体,如果不经过抗战的这一个阶段的至窘极苦的生活,他怎么会瘦弱了下去而死了呢?他的致死的病是胃溃疡与肾脏炎,积年的吃了多沙粒和稗子的配给米,是主要的原因。积年的缺乏营养与过度的工作,使他一病便不起。尽管有许多人发了国难财、胜利财,乃至汉奸们也发了财而逍遥法外,许多瘦子都变成了肥头大脸的胖子,但像佩弦那样的文人、学者与教授,却只是天天的瘦下去,以至于病倒而死。就在胜利后,他们过的还是那么苦难的日子与可悲愤的生活。

在这个悲愤苦难的时代,连老成持重的佩弦,也会是充满了悲愤的。在报纸上,见到有佩弦签名的有意义的宣言不少。他曾经对他的学生们说,"给我以时间,我要慢慢的学",他在走上一条新的路上来了。可惜的是,他正在走着,他的旧伤痕却使他倒了下去。

他花了整整一年工夫,编成《闻一多全集》。他既担任着这一个工作,他便勤勤恳恳的专心一志的负责到底的做着。《闻一多全集》的能够出版,他的力量是最大的;他所费的时间也最多。我们读到他的《闻一多全集》的序,对于他的"不负死友"的精神,该怎样的感动!

地山刚刚走上一条新的路,便死了;如今佩弦又是这样。过了中年的人要蜕变是不容易的。而过了中年的人经过了这十多年的折磨之后，又是多么脆弱啊！佩弦的死，不仅是朋友们该失声痛哭，哭这位忠厚笃实的好友的损失，而且也是中国的一个重大的损失，损失了那么一位认真而诚恳的教师、学者与文人！

1948 年 8 月 17 日

老舍先生

//

汪曾祺

    北京东城迺兹府丰富胡同有一座小院。走进这座小院，就觉得特别安静、异常豁亮。这院子似乎经常布满阳光。院里有两棵不大的柿子树（现在大概已经很大了），到处是花，院里、廊下、屋里，摆得满满的。按季更换，都长得很精神，很滋润，叶子很绿，花开得很旺。这些花都是老舍先生和夫人胡絜青亲自莳弄的。天气晴和，他们把这些花一盆一盆抬到院子里，一身热汗。刮风下雨，又一盆一盆抬进屋，又是一身热汗。老舍先生曾说："花在人养。"老舍先生爱花，真是到了爱花成性的地步，不是可有可无的了。汤显祖曾说他的词曲"俊得江山助"。老舍先生的文章也可以说是"俊得花枝助"。叶浅予曾用白描为老舍先生画像，四面都是花，老舍先生坐在百花丛中的藤椅里，微仰着头，意态悠远。这张画不是写实，意思恰好。

    客人被让进了北屋当中的客厅，老舍先生就从西边的一间屋子走出来。这是老舍先生的书房兼卧室。里面陈设很简单，一桌、一椅、一榻。

第五章　想念一些人和事

老舍先生腰不好，习惯睡硬床。老舍先生是文雅的、彬彬有礼的。他的握手是轻轻的，但是很亲切。茶已经沏出色了，老舍先生执壶为客人倒茶。据我的印象，老舍先生总是自己给客人倒茶的。

老舍先生爱喝茶，喝得很勤，而且很酽。他曾告诉我，到莫斯科去开会，旅馆里倒是为他特备了一只暖壶。可是他沏了茶，刚喝了几口，一转眼，服务员就给倒了。"他们不知道，中国人是一天到晚喝茶的！"

有时候，老舍先生正在工作，请客人稍候，你也不会觉得闷得慌。你可以看看花。如果是夏天，就可以闻到一阵一阵香白杏的甜香味儿。一大盘香白杏放在条案上，那是专门为了闻香而摆设的。你还可以站起来看看西壁上挂的画。

老舍先生藏画甚富，大都是精品。所藏齐白石的画可谓"绝品"。壁上所挂的画是时常更换的。挂的时间较久的，是白石老人应老舍点题而画的四幅屏。其中一幅是很多人在文章里提到过的"蛙声十里出山泉"。"蛙声"如何画？白石老人只画了一脉活泼的流泉，两旁是乌黑的石崖，画的下端画了几只摆尾的蝌蚪。画刚刚裱起来时，我上老舍先生家去，老舍先生对白石老人的设想赞叹不止。

老舍先生极其爱重齐白石，谈起来时总是充满感情。我所知道的一点白石老人的逸事，大都是从老舍先生那里听来的。老舍先生谈这四幅里原来点的题有一句是苏曼殊的诗（是哪一句我忘记了），要求画卷心的芭蕉。老人踌躇了很久，终于没有应命，因为他想不起芭蕉的心是左旋还是右旋的了，不能胡画。老舍先生说："老人是认真的。"老舍先生谈起过，有一次要拍齐白石的画的电影，想要他拿出几张得意的画来，老人说："没有！"后来由他的学生再三说服动员，他才从画案的隙缝中取出一卷（他是木匠出身，他的画案有他自制的"消息"），外面裹着好几层报纸，写着四个大字："此是废纸。"打开一看，都是惊人的杰作——就是后来纪录片里所拍摄的。白石老人家里人口很多，每天煮饭的米都是老人亲自量，用一个香烟罐头。"一下、两下、三下……行了！"——"再添一点，再添一点！"——"吃那么多呀！"有人曾提出把老人接出来住，这么大岁数了，不要再操心这样的家庭琐事了。老舍先生知道了，给拦了，说："别！他这么着惯了。不叫他干这些，他就活不成了。"老舍先生的意见表现了他对人的理解，对一个人生活习惯的尊重，同时也表现了对白石老人真正的关怀。

老舍先生很好客，每天下午，来访的客人不断。作家，画家，戏曲、曲艺演员……老舍先生都是以礼相待，谈得很投机。

每年，老舍先生要把市文联的同人约到家里聚两次。一次是菊花开的时候，赏菊。一次是他的生日——我记得是腊月二十三。酒菜丰盛而有特点。酒是"敞开供应"，汾酒、竹叶青、伏特卡，愿意喝什么喝什么，能喝多少喝多少。有一次很郑重地拿出一瓶葡萄酒，说是毛主席送来的，让大家都喝一点。菜是老舍先生亲自搭配的。老舍先生有意叫大家尝尝地道的北京风味。我记得有次有一瓷钵芝麻酱炖黄花鱼。这道菜我从未吃过，以后也再没有吃过。老舍家的芥末墩是我吃过的最好的芥末墩！有一年，他特意订了两大盒"盒子菜"。直径三尺许的朱红扁圆漆盒，里面分开若干格，装的不过是火腿、腊鸭、小肚、口条之类的切片，但都很精致。熬白菜端上来了，老舍先生举起筷子："来来来! 这才是真正的好东西！"

老舍先生对他下面的干部很了解，也很爱护。当时市文联的干部不多，老舍先生对每个人都相当清楚。他不看干部的档案，也从不找人"个别谈话"，只是从平常的谈吐中就了解一个人的水平和才气，那是比看档案要准确得多的。老舍先生爱才，对有才华的青年，常常在各种场合称道，"平生不解藏人善，到处逢人说项斯"。而且所用的语言在有些人听起来是有点过甚其词，不留余地的。老舍先生不是那种惯说模棱两可、含糊其词、温吞水一样的官话的人。我在市文联几年，始终感到领导我们的是一位作家。他和我们的关系是前辈与后辈的关系，不是上下级关系。老舍先生这样"作家领导"的作风在市文联留下很好的影响，大家都平等相处，开诚布公，说话很少顾虑，都有点书生气、书卷气。他的这种领导风格，正是我们今天很多文化单位的领导所缺少的。

老舍先生是市文联的主席，自然也要处理一些"公务"：看文件，开会，做报告（也是由别人起草的）……但是作为一个北京市的文化工作的负责人，他常常想着一些别人没有想到或想不到的问题。

北京解放前有一些盲艺人，他们沿街卖艺，有时还兼带算命，生活很苦。他们的"玩意儿"和睁眼的艺人不全一样。老舍先生和一些盲艺人熟识，提议把这些盲艺人组织起来，使他们的生活有出路，别让他们的"玩意儿"绝了。为了引起各方面的重视，他把盲艺人请到市文联演唱了一次。老舍先生亲自主持，作了介绍，还特烦两位老艺人翟少平、王秀卿唱了一段《当皮箱》。这是一个喜剧性的牌子曲，里面有一个人物是当铺的掌柜，说山西话；有一个牌子叫"鹦哥调"，句尾的和声用喉舌作出有点像母猪拱食的声音，很特别，很逗。这个段子和这个牌子，是睁眼艺人没有的。老舍先生那天显得很兴奋。

北京有一座智化寺，寺里的和尚做法事和别的庙里的不一样，演奏音乐。他们演奏的乐调不同凡响，很古。所用乐谱别人不能识，记谱的符号不是工尺，而是一些奇奇怪怪的笔道。乐器倒也和现在常见的差不多，但主要的乐器却是管。据说这是唐代的"燕乐"。解放后，寺里的和尚多半已经各谋生计了，但还能集拢在一起。老舍先生把他们请来，演奏了一次。音乐界的同志对这堂活着的古乐都很感兴趣。老舍先生为此也感到很兴奋。

《当皮箱》和"燕乐"的下文如何，我就不知道了。

老舍先生是历届北京市人民代表。当人民代表就要替人民说话。以前人民代表大会的文件汇编是把代表提案都印出来的。有一年老舍先生的提案是：希望政府解决芝麻酱的供应问题。那一年北京芝麻酱缺货。老舍先生说："北京人夏天离不开芝麻酱！"不久，北京的油盐店里有芝麻酱卖了，北京人又吃上了香喷喷的麻酱面。

老舍是属于全国人民的，首先是属于北京人的。

1954年，我调离北京市文联，以后就很少上老舍先生家里去了。听说他有时还提到我。

1984 年 3 月 20 日

我所景仰的蔡先生之风格

傅斯年

蔡先生实在代表两种伟大的文化,一是中国传统圣贤之修养,一是法兰西革命中标揭自由平等博爱之理想,此两种伟大文化,具其一已难,兼备尤不可。

有几位北大同学鼓励我在日本特刊中写一篇蔡先生的小传。我以为能给蔡先生写传,无论为长久或为一时,都是我辈最荣幸的事。不过,我不知我有无此一能力。且目下毫无资料,无从着笔,而特刊又急待付印,所以我今天只能写此一短文。至于编辑传记的资料,是我的志愿,而不是今天便能贡献给读者的。

凡认识蔡先生的,总知道蔡先生宽以容众,受教久的,更知道蔡先生的脾气,不但不严责人,并且不滥奖人,不像有一种人的脾气,称扬则上天,贬责则入地。但很少人知道,蔡先生有时也很严词责人。我以受师训备僚属有二十五年之长久,颇见到蔡先生生气责人的事。他人的事我不敢说,说和我有关的。

回忆是一种重逢

一

蔡先生到北大的第一年中，有一个同学，长成一副小官僚的面孔，又做些不满人意的事，于是同学某某在西斋（寄宿舍之一）壁上贴了一张"讨伐"的告示；两天之内，满墙上出了无穷的匿名文件，把这个同学骂了个"不亦乐乎"。其中也有我的一件，因为我也极讨厌此人，而我的匿名揭帖之中，表面上都是替此君抱不平，深的语意，却是挖苦他。为同学们赏识，在其上浓圈密点，批评狼藉。这是一时学校中的大笑话。过了几天，蔡先生在一大会中演说，最后说到此事，大意是说：

诸位在墙壁上攻击某某君的事，是不合做人的道理的。诸君对某某君有不满，可以规劝，这是同学的友谊。若以为不可规劝，尽可对学校当局说。这才是正当的办法。至于匿名揭帖，受之者纵有过，也绝不易悔改，而施之者则为丧失品性之开端。凡做此事者，以后都要痛改前非，否则这种行动，必是品性沉沦之渐。

这一篇话，在我心中生了一个大摆动。我小时，有一位先生教我"正心""诚意""不欺暗室"，虽然《大学》念得滚熟，却与和尚念经一样，毫无知觉；受了此番教训，方才大彻大悟，从此做事，绝不匿名，绝不推自己责任。大家听蔡先生这一段话之后印象如何我不得知，北大的匿名"壁报文学"从此减少，几至绝了迹。

二

蔡先生第二次游德国时，大约是在民国十三年吧，那时候我也是在柏林。蔡先生到后，我们几个同学自告奋勇照料先生，凡在我的一份中，无事不办了一个稀糟。我自己自然觉得非常惭愧，但蔡先生从无一毫责备。有一次，一个同学给蔡先生一个电报，说是要从莱比锡来看蔡先生。这个同学出名的性情荒谬，一面痛骂，一面要钱，我以为他此行必是来要钱，而蔡先生正是穷得不得了，所以与三四同学主张去电谢绝他，以此意陈告先生。先生沉吟一下说："《论语》上有几句话，'与其进也，不与其退也，唯何甚？人洁己以进，与其洁也，不保其往也。'你说他无聊，但这样拒人于千里之外，他能改了他的无聊吗？"

于是我又知道读《论语》是要这样读的。

三

北伐胜利之后，我们的兴致很高。有一天在先生家中吃饭，有几个同学都喝醉了酒，蔡先生喝得更多，不记得如何说起，说到后来我便肆口乱说了。我说："我们国家整好了，不但要灭了日本小鬼，就是西洋鬼子，也要把他赶出苏黎世运河以西，自北冰洋至南冰洋，除印度、波斯、土耳其以外，都要'郡县之'。"蔡先生听到这里，不耐烦了，说："这除非你做大将。"

此外如此类者尚多，或牵连他人，或言之太长，姑不提。即此三事，已足证先生责人之态度是如何诚恳而严肃的，如何词近而旨远的。

蔡先生之接物，有人以为滥，这全不是事实，是他在一种高深的理想上，与众不同。大凡中国人以及若干人，在法律之应用上，是先假定一个人有罪，除非证明其无罪；西洋近代之法律是先假定一人无罪，除非证明其有罪。蔡先生不但在法律上如此，一切待人接物，无不如此。他先假定一个人是善人，除非事实证明其不然。凡有人以一说进，先假定其意诚，其动机善，除非事实证明其相反。如此办法，自然要上当，但这正是孟子所谓"君子可欺以其方，难罔以非其道"了。

若以为蔡先生能恕而不能严，便是大错了，蔡先生在大事上是丝毫不苟的。有人若做了他以为大不可之事，他虽不说，心中却完全当数。至于临艰危而不惧，有大难而不惑之处，只有古之大宗教家可比，虽然他是不重视宗教的。关于这一类的事，我只举一个远例。

在"五四"前若干时，北京的空气，已为北大师生的作品动荡得很了。北洋政府很觉得不安，对蔡先生大施压力与恫吓，至于侦探之跟随，是极小的事了。有一天晚上，蔡先生在他当时的一个"谋客"家中谈起此事，还有一个谋客也在。当时蔡先生有此两谋客，专商量如何对付北洋政府的，其中的那个老谋客说了无穷的话，劝蔡先生解陈独秀先生之聘，并要约制胡适之先生一下，其理由无非是要保存机关，保存北方读书人，一类似是而非之谈。蔡先生一直不说一句话。直到他们说了几个钟头以后，蔡先生站起来说："这些事我都不怕，我忍辱至此，皆为学校，但忍辱是有止境的。北京大学一切的事，都在我蔡元培一人身上，与这些人毫不相干。"这话在现在听来或不感觉如何，但试想当年的情景，北京城中，只是此北洋军匪、安福贼徒、袁氏遗孽，具人形之识字者，寥寥可数，蔡先生一人在那里办北大，为国家种下读书爱国革命的种子，是何等大无畏的行事！

蔡先生实在代表两种伟人的文化，一是中国传统圣贤之修养，一是法兰西革命中标揭自由平等博爱之理想，此两种伟大文化，具其一已难，兼备尤不可。先生殁后，此两种文化在中国之气象已亡矣！至于复古之论，欧化之谈，皆皮毛渣滓，不足论也。

藤野先生

// 鲁迅

　　东京也无非是这样。上野的樱花烂漫的时节，望去确也像绯红的轻云，但花下也缺不了成群结队的"清国留学生"的速成班，头顶上盘着大辫子，顶得学生制帽的顶上高高耸起，形成一座富士山。也有解散辫子，盘得平的，除下帽来，油光可鉴，宛如小姑娘的发髻一般，还要将脖子扭几扭。实在标致极了。

　　中国留学生会馆的门房里有几本书买，有时还值得去一转；倘在上午，里面的几间洋房里倒也还可以坐坐的。但到傍晚，有一间的地板便常不免要咚咚咚地响得震天，兼以满房烟尘斗乱；问问精通时事的人，答道，"那是在学跳舞。"

　　到别的地方去看看，如何呢？

　　我就往仙台的医学专门学校去。从东京出发，不久便到一处驿站，写道：日暮里。不知怎地，我到现在还记得这名目。其次却只记得水户了，这是明的遗民朱舜水先生客死的地方。仙台是一个市镇，并不大；

第五章　想念一些人和事

冬天冷得厉害；还没有中国的学生。

大概是物以稀为贵罢。北京的白菜运往浙江，便用红头绳系住菜根，倒挂在水果店头，尊为"胶菜"；福建野生着的芦荟，一到北京就请进温室，且美其名曰"龙舌兰"。我到仙台也颇受了这样的优待，不但学校不收学费，几个职员还为我的食宿操心。我先是住在监狱旁边一个客店里的，初冬已经颇冷，蚊子却还多，后来用被盖了全身，用衣服包了头脸，只留两个鼻孔出气。在这呼吸不息的地方，蚊子竟无从插嘴，居然睡安稳了。饭食也不坏。但一位先生却以为这客店也包办囚人的饭食，我住在那里不相宜，几次三番，几次三番地说。我虽然觉得客店兼办囚人的饭食和我不相干，然而好意难却，也只得另寻相宜的住处了。于是搬到别一家，离监狱也很远，可惜每天总要喝难以下咽的芋梗汤。

从此就看见许多陌生的先生，听到许多新鲜的讲义。解剖学是两个教授分任的。最初是骨学。其时进来的是一个黑瘦的先生，八字须，戴着眼镜，挟着一叠大大小小的书。一将书放在讲台上，便用了缓慢而很有顿挫的声调，向学生介绍自己道：

"我就是叫作藤野严九郎的……"

后面有几个人笑起来了。他接着便讲述解剖学在日本发达的历史，那些大大小小的书，便是从最初到现今关于这一门学问的著作。起初有几本是线装的；还有翻刻中国译本的，他们的翻译和研究新的医学，并不比中国早。

那坐在后面发笑的是上学年不及格的留级学生，在校已经一年，掌故颇为熟悉的了。他们便给新生讲演每个教授的历史。这藤野先生，据

251

说是穿衣服太模糊了,有时竟会忘记带领结;冬天是一件旧外套,寒颤颤的,有一回上火车去,致使管车的疑心他是扒手,叫车里的客人大家小心些。

他们的话大概是真的,我就亲见他有一次上讲堂没有带领结。

过了一星期,大约是星期六,他使助手来叫我了。到得研究室,见他坐在人骨和许多单独的头骨中间,——他其时正在研究着头骨,后来有一篇论文在本校的杂志上发表出来。

"我的讲义,你能抄下来么?"他问。

"可以抄一点。"

"拿来我看!"

我交出所抄的讲义去,他收下了,第二三天便还我,并且说,此后每一星期要送给他看一回。我拿下来打开看时,很吃了一惊,同时也感到一种不安和感激。原来我的讲义已经从头到末,都用红笔添改过了,不但增加了许多脱漏的地方,连文法的错误,也都一一订正。这样一直继续到教完了他所担任的功课:骨学,血管学,神经学。

可惜我那时太不用功,有时也很任性。还记得有一回藤野先生将我叫到他的研究室里去,翻出我那讲义上的一个图来,是下臂的血管,指着,向我和蔼地说道:

"你看,你将这条血管移了一点位置了。——自然,这样一移,的确比较好看些,然而解剖图不是美术,实物是那么样的,我们没法改换它。现在我给你改好了,以后你要全照着黑板上那样的画。"

但是我还不服气,口头答应着,心里却想道:

第五章　想念一些人和事

"图还是我画的不错；至于实在的情形，我心里自然记得的。"

学年试验完毕之后，我便到东京玩了一夏天，秋初再回学校，成绩早已发表了，同学一百余人之中，我在中间，不过是没有落第。这回藤野先生所担任的功课，是解剖实习和局部解剖学。

解剖实习了大概一星期，他又叫我去了，很高兴地，仍用了极有抑扬的声调对我说道：

"我因为听说中国人是很敬重鬼的，所以很担心，怕你不肯解剖尸体。现在总算放心了，没有这回事。"

但他也偶有使我很为难的时候。他听说中国的女人是裹脚的，但不知道详细，所以要问我怎么裹法，足骨变成怎样的畸形，还叹息道："总要看一看才知道。究竟是怎么一回事呢？"

有一天，本级的学生会干事到我寓里来了，要借我的讲义看。我检出来交给他们，却只翻检了一通，并没有带走。但他们一走，邮差就送到一封很厚的信，拆开看时，第一句是：

"你改悔罢！"

这是《新约》上的句子罢，但经托尔斯泰新近引用过的。其时正值日俄战争，托老先生便写了一封给俄国和日本的皇帝的信，开首便是这一句。日本报纸上很斥责他的不逊，爱国青年也愤然，然而暗地里却早受了他的影响了。其次的话，大略是说上年解剖学试验的题目，是藤野先生讲义上做了记号，我预先知道的，所以能有这样的成绩。末尾是匿名。

我这才回忆到前几天的一件事。因为要开同级会，干事便在黑板上写广告，末一句是"请全数到会勿漏为要"，而且在"漏"字旁边加了一个圈。我当时虽然觉得圈得可笑，但是毫不介意，这回才悟出那字也在讥刺我了，犹言我得了教员漏泄出来的题目。

我便将这事告知了藤野先生；有几个和我熟识的同学也很不平，一同去诘责干事托辞检查的无礼，并且要求他们将检查的结果，发表出来。终于这流言消灭了，干事却又竭力运动，要收回那一封匿名信去。结末是我便将这托尔斯泰式的信退还了他们。

中国是弱国，所以中国人当然是低能儿，分数在六十分以上，便不是自己的能力了：也无怪他们疑惑。但我接着便有参观枪毙中国人的命运了。第二年添教霉菌学，细菌的形状是全用电影来显示的，一段落已完而还没有到下课的时候，便放几片时事的片子，自然都是日本战胜俄国的情形。但偏有中国人夹在里边：给俄国人做侦探，被日本军捕获，要枪毙了，围着看的也是一群中国人；在讲堂里的还有一个我。

"万岁！"他们都拍掌欢呼起来。

这种欢呼，是每看一片都有的，但在我，这一声却特别听得刺耳。此后回到中国来，我看见那些闲看枪毙犯人的人们，他们也何尝不酒醉似的喝彩，——呜呼，无法可想！但在那时那地，我的意见却变化了。

到第二学年的终结，我便去寻藤野先生，告诉他我将不学医学，并且离开这仙台。他的脸色仿佛有些悲哀，似乎想说话，但竟没有说。

"我想去学生物学，先生教给我的学问，也还有用的。"其实我并没有决意要学生物学，因为看得他有些凄然，便说了一个安慰他的谎话。

"为医学而教的解剖学之类，怕于生物学也没有什么大帮助。"他叹息说。

将走的前几天,他叫我到他家里去,交给我一张照相,后面写着两个字道:"惜别",还说希望将我的也送他。但我这时适值没有照相了;他便叮嘱我将来照了寄给他,并且时时通信告诉他此后的状况。

我离开仙台之后,就多年没有照过相,又因为状况也无聊,说起来无非使他失望,便连信也怕敢写了。经过的年月一多,话更无从说起,所以虽然有时想写信,却又难以下笔,这样的情况一直到现在,竟没有寄过一封信和一张照片。从他那一面看起来,是一去之后,杳无消息了。

但不知怎地,我总还时时记起他,在我所认为我师的之中,他是最使我感激,给我鼓励的一个。有时我常常想:他的对于我的热心的希望,不倦的教诲,小而言之,是为中国,就是希望中国有新的医学;大而言之,是为学术,就是希望新的医学传到中国去。他的性格,在我的眼里和心里是伟大的,虽然他的姓名并不为许多人所知道。

他所改正的讲义,我曾经订成三厚本,收藏着的,将作为永久的纪念。不幸七年前迁居的时候,中途毁坏了一口书箱,失去半箱书,恰巧这讲义也遗失在内了。责成运送局去找寻,寂无回信。只有他的照相至今还挂在我北京寓居的东墙上,书桌对面。每当夜间疲倦,正想偷懒时,仰面在灯光中瞥见他黑瘦的面貌,似乎正要说出抑扬顿挫的话来,便使我忽又良心发现,而且增加勇气了,于是点上一支烟,再继续写些为"正人君子"之流所深恶痛疾的文字。

出版说明

本书收录了现、当代多位不同时期作者的散文、随笔等作品,由于部分文章写成时间较早,当时的语法、语境、外国人名、地名等用法均与当下有所不同,为尊重作者原著,除个别必要的调整外,均保留了当时用法(譬如:叫做、那末、甚么、罢……)。

为了方便读者阅读,在每篇文末保留了作品的创作时间或首次发表时间(个别时间无法核实的除外)。为了保持整本书的体例统一,不再列明每篇文章发表时的刊名或者书名。

由于编者能力有限,在编辑整理本书时难免挂一漏万,还望读者指正!